Tull kiss label DX

お前は俺のモノだろ？2
～俺様社長の独占溺愛～

あさぎ千夜春

JN062372

お前は俺のモノだろ？
2
～俺様社長の独占溺愛～
Chiyoharu Asagi Presents
あさぎ千夜春
Illustration 大橋キッカ

結婚させてください

「日花里《ひかり》さんと結婚させてください」

町田《まちだ》家の応接間に響いた決意に満ちた声。それは藤堂海翔《とうどうかいと》、満を持しての発言だった。

だが日花里の父から返ってきたのは、

「結婚はまだ早いんじゃないかな」

という言葉で――。

「「えっ」」

海翔と日花里は肩を並べたまま、ふたり凍り付いてしまった。


十二月の暮れ、ＲＯＣＫ・ＦＬＯＯＲ社はクリスマスとともに仕事納めを迎えた。クリスマスから年越しに向けて街並みのディスプレイも変化し、すっかり年の瀬の雰囲気だ。

藤堂海翔と町田日花里の両名は、たくさんのお土産とともに新幹線に乗り込み、日花里の実家がある広島《ひろしま》市内のマンションに向かった。

帰省の目的はただひとつ。日花里の両親に結婚の許しを得ることである。

すでに海翔の両親には挨拶を済ませているし、正直言って日花里はまったく不安視していなかった。海翔と付き合っていることは祖母を通じて両親に夏の段階で伝わっていて、日花里が海翔の住む部屋に完全に引っ越すことを電話で伝えたときも、驚いてはいたが反対されることもなかった。

だから海翔も落ち着いて、応接間でお茶を飲み軽く歓談した後、日花里の父に深々と頭を下げ、悠々とした態度で結婚の許しを申し出たのだ。

「今日はご両親に、結婚のお許しをもらうために参りました。日花里さんと結婚させてください」

それは隣に座っていた日花里から見ても、納得のタイミングだった。

素直に気持ちを伝えた夏、そして恋人として過ごした秋。結婚をリアルに意識した冬――。

海翔はとりあえず籍だけでもすぐに入れたいと言っていたが、なかなかその機会は訪れなかった。純粋に仕事が忙しかったのだ。オフなど数えるほどしかなかった。もちろん籍など届を出せばすぐに作れるものだが、ふたりのことをなにひとつ雑に済ませたくないというのは共通認識で、気が付けば暮れが日の前に迫っていた。

日花里としても、八年も片思いをしていたのだから若干気持ちが緩んでいたというか、入籍は今すぐでなくても、春でも夏でもいいかなぁ、なんて思っていたのだ。だが海翔から『そうだとしても、ご両親に挨拶は済ませるべきじゃないか？』と提案されて、そうかも、と思い決断したのである。

（完璧な『結婚の挨拶』でしたよ、海翔さん！）

海翔の隣に座っていた日花里は、そんな気持ちを込めて、隣に正座している彼の膝にそっと触れる。あとは流れ的に父が『もちろんだよ。幸せになりなさい』と返事をして、なんやかんやのハッピーエンドのはずだ。

（海外ウエディングも素敵だけど、和装も捨てがたいなぁ～。白無垢着てみたいなぁ～……おばあちゃんに見せてあげたいなぁ～）

なんて、のほほんと考えていた次の瞬間、

「やっ、やぁ～……結婚はまだ早いんじゃないかな」

日花里の父はしどろもどろになりながらも、きっぱりはっきりと言い切ったのである。

「えっ？」

夢見心地で正座をしていた日花里の口から、思わず驚きの声が漏れた。

「お、お父さん……？　今なんて……？」

聞き間違いか、もしくは行き違いがあったのだろうか。

眼鏡の奥の瞳をまたたかせ、首をかしげたところで、父がうにゃうにゃと唇を歪《ゆが》めながら、どこか言いにくそうに言葉を続ける。

「や、反対してるわけじゃないんだよ。お前の高校の同級生の子たちだって、地元に残ってる子は結婚してるし、お父さんは心から日花里ちゃんの幸せを願ってる」

日花里は父の発言を聞きながら、眼鏡の奥の瞳をぱちくりさせる。

「だったら……」

「でも、きみたちはまだお付き合いを始めて半年も経ってないんだろ？　もう少し慎重になったほうがいいんじゃないかなってね。それだけのことだよ」

そして父はかけていた眼鏡を指で押し上げると、もうこれ以上話は聞かないし、この話は終わったよと言わんばかりの笑顔になり、

「さて、お母さんが腕によりをかけて作ってくれた、ご馳走を食べよう！」

と、ぱんっと手を叩き、海翔の発言を強制的に終わらせてしまった。

「えっ、お父さん……？」

戸惑う日花里が父から隣の母へ視線を向けたその瞬間、

「そうね～！　今日はまつたけたっぷりのすき焼きよっ。日花里ちゃんも手伝ってくれる？」

母もなんにも知りませんよと言わんばかりの態度で、いそいそと立ち上がり応接間を出ていってしまった。どうやら母はこうなることを事前に知っていたようだ。

「えっ……えっ……？」

だが反対される可能性を微塵《みじん》も考えていなかった日花里は絶句し、それから隣の海翔の顔を見つ

める。

「海翔さん……」

海翔は茫然《ぼうぜん》自失としていた。普段の海翔ならもっと食い下がったのではないかと思うが、やはり彼も日花里と同じ気持ちだったようだ。顔から血の気は引いていたし、視線は定まらずうろうろしていた。いつも自信満々の藤堂海翔らしからぬ態度である。

（あぁ……あからさまに動揺してる……）

海翔はかろうじて笑顔を浮かべ、

「すき焼き楽しみです……」

と答えていたが、膝にのせていた手はかすかに震えていたし、シャープで男らしい頰も引きつっていた。無言でそうっと彼の膝に手をのせると、海翔は日花里に向かってほんの少しだけ苦笑いして、

「お母さんが呼んでるだろ？」

と日花里の背中を押す。

「ああ、うん……」

こちらを見つめる瞳は、気を使わなくていい、大丈夫だと語っていたが、日花里としてはとうてい納得がいかない話だった。

（なんで、どうして、結婚しちゃダメなの？）

付き合いを反対されたわけではない。ただ、結婚は少し早いんじゃないかと言われただけ。

それでも両親の態度は日花里の柔らかな胸に棘となって突き刺さった。

(こんなの全然納得できないよ……)

日花里は唇をかみしめながら海翔の背中にそっと手のひらをのせ、後ろ髪を引かれつつも、母が待つキッチンへと向かったのだった。


その日の夜——。

「ここが日花里の部屋かぁ……」

風呂上がりの海翔が、目をキラキラさせながら部屋の中を見回す。

「大学進学直前に引っ越してきたので、帰省したときしか使ってないですけどね」

日花里は少し照れつつドアを閉めた。

実家にある日花里の私室は、ベッドとクローゼットに書き物机、本棚と飾り棚にインテリア雑貨というごくシンプルな部屋だ。ベージュを基調にした全体的に柔らかな雰囲気である。

昔は広島北部の、祖母宅の三軒隣の一戸建てに家族三人で住んでいたのだが、日花里の大学進学が推薦で決まると同時に家を売り、市内に中古のマンションを買って引っ越してきたのだ。

「卒業後は、戻ってくることを期待されてたんじゃないか?」

海翔は窓辺に置かれたベッドに座って、長い足を組む。

なんのへんてつもない部屋に、Tシャツにスウェットでもゴージャスな海翔がいると違和感しかないのだが、彼はどこか懐かしそうな目をしていた。

(海翔さんは大学以前の私のことを知らないのに……なんだか不思議な感じだな)

時をさかのぼっているような不思議な感覚に、日花里の心も少しだけ浮ついている気がする。

「それは……そうですね」

苦笑しつつ、海翔の隣に腰を下ろすことにした。

「就職も地元で探したらって言われてたんです。おばあちゃんから公務員も勧められてたし」

「じゃあなんで……」

膝の上で頬杖をついていた海翔は不思議そうにつぶやいて、なにかに気づいたようにハッとした。

「もしかして、俺が東京《とうきょう》にいたからか?」

「……はい」

日花里は顔を赤く染めながら、こくりとうなずいた。

そう、地元に帰ったらもう二度と海翔に会えないと思うと、とても広島で就職しようという気になれなかったのだ。

「卒業しても、東京にいたら、サークルのOB会とかで海翔さんに会えるかなって……」

口に出したら一気に恥ずかしくなったが、事実なので仕方ない。我ながらものすごい乙女的発想だったなと、当時を懐かしく思いながら日花里はうなずく。

苦労して入った会社は入社して半年で倒産したが、ROCK・FLOOR社に誘ってもらったおかげで、毎日海翔に会えるようになった。立ち直れたのは海翔のおかげだ。人生万事塞翁《さいおう》が馬。禍《か》福《ふく》はあざなえる縄のごとしである。

「そっかぁ……俺と離れたくなかったのか。ふぅん……かわいいやつ……」

海翔は日花里の言葉を聞いてあからさまに頬を緩ませると、唐突なタイミングで日花里の肩を抱き寄せる。

日花里が十八歳の春からずっと海翔に片思いをしていたことは知っているはずなのに、なぜ今初めて知ったような顔をして、ニヤニヤするのだろう。

「もうっ、調子にのらないでください」

照れくささもあって、日花里は頬を膨らませ海翔の胸のあたりに頭をぶつける。

ぽすんと触れる海翔の胸筋は厚くたくましい。

「ははっ、ごめん、ごめん。そんな猫みたいに体当たりするなって」

海翔は苦笑しつつ、日花里を両腕で抱きすくめた。

彼の指が優しく日花里を撫でる。ただ触れているだけなのに、それだけでじんわりと心があったかくなる。

お互いパジャマ姿で、東京にいればそれはいつもの体験なのだが、この部屋にいるとなんだか学生時代に戻ったような気がして、胸がドキドキしてしまうのだった。

そうやってしばらくお互いの体温を確かめるよう、抱き合ったりイチャイチャしたりしていると、

「それで……お母さんはなんて？」

ふと、海翔がどこか覚悟したように、耳元で尋ねた。

パジャマ越しに感じる鼓動が、いつもより少し早い。

「あ……」

やはり気にしていたのだ。

胸にぴゅうっと冷たい隙間風が吹いた気がして、日花里は寂しくなってしまった。

結婚の申し出をいったん却下されたあの後、町田家では表面上は楽しい宴席が設けられ、両親は海翔に勧める以上にアルコールが進んでしまい、早々に寝室に退散した。

アルコールに強い海翔は顔色ひとつ変わっていなかったが、正直酔えなかったのではないだろうか。

「……」

海翔を傷つけたくない。

なんと言ったものかと悩みながら無言で視線をさまよわせると、

「――俺の素行のせいか」

彼は低い声でささやいた。目を伏せた海翔の長いまつ毛が、頬に影を落としている。

彼が落ち込んでいると思うと、胸の奥がぎゅうっと締め付けられるように苦しくなった。

「えっと、その……両親からしたらＲＩＲＩさんのこととか、ちょっと前に起こったことみたいで。彼女のことは誤解だって言ったんですけど、その……まぁ、ちょこちょこワイドショーのお世話になっているイメージが離れないみたいで……」

日花里はしどろもどろに答える。

そう、すき焼きの準備をするためにキッチンに向かった日花里は、こっそり母に尋ねたのだ。

『どうしてお父さんは、結婚をすぐに許してくれなかったの？』と。

すると母は少し困ったように、

『あれだけモテる人だと、結婚しても浮気されるに決まってるから、日花里ちゃんがかわいそう、だって……』

と、教えてくれたのである。

娘がかわいそうだと思うなら結婚を許してほしいが、父の気持ちもわからなくはない。

事実、日花里だって海翔は恋多き男で、自分など相手にするはずがないと長年思っていたのだから。

だが思いが通じ合って、彼の優しさや真摯な思いを知ったとき、日花里は海翔を一生信じようと決めた。たとえ世界中の人が藤堂海翔を非難するようなことがあったとしても、自分だけは海翔の味方でいると。

「海翔さんは浮気なんてしないって言ったんですけど……」

海翔に関しては、あくまでもテレビや雑誌で作られたイメージが先行する。そのイメージが海翔を『こうに違いない』と形作る。両親が見ている海翔は、日花里が好きになった『藤堂海翔』とはだいぶかけ離れているのだ。

悔しくて、じれったい。

(海翔さんはそれだけの人じゃないのに……)

不服そうに唇を引き結ぶ日花里に、海翔はゆるく首を振った。

「いや、俺の今までの生活態度が悪いんだ。週刊誌に適当なこと書かれても会社には影響ないし、どうでもいいと思って改めなかったしな。ご両親が結婚生活を危惧するのは当然だろう」

そう言って海翔は、さらに強く日花里の体を抱きしめる。

口では『当然』と言っておきながら、どこか寂しそうな気配があって、切なくなった。

この人が傷ついていると思うと、日花里はたまらない気持ちになる。

(私だけは……絶対に、絶対に、海翔さんの味方ですからね……!)

そう思いながら、日花里もそうっと海翔の背中に腕を回す。

海翔も日花里も、新しいパジャマに身を包んでいて、新品の綿の匂いがほんのりと香る。

同じ家に両親が寝ていることを考えると、ちょっとドキドキするが、日花里の部屋は離れているし、べろんべろんに酔っぱらった両親が起きてくる可能性は低いだろう。

手のひらで彼の背中を撫でるたび、海翔が大きく息を吸う。彼の体に流れる異国の血のせいなのか、激しいトレーニングをせずとも筋肉質で柔らかい。抱きしめられると一切の不安が消えていく。

日花里にとって海翔は精神安定剤のようなものなのだ。

「ごめんな」

海翔は腕の中の日花里に、すり、と頬をすり寄せた。

「そんな……謝らないでください」

「過去に戻れるなら、二十歳の俺をぶん殴りたいよ。その生活態度を改めろって。じゃないと将来めちゃくちゃ困ったことになるぞって」

日花里を抱きしめたままため息をつく海翔だが、日花里はクスッと笑って海翔を見上げる。

「二十歳でいいんですか？」

「――」

日花里の指摘に海翔は無言で視線をさまよわせる。顔には『墓穴を掘った』と書いてあった。

「本当はいつ？」

しつこく重ねると、

「ちゅ……中学生くらい……」

ぼそぼそと海翔がつぶやいた。

「中学生が不純異性交遊？　やだ～……フケツです」

日花里が海翔と出会ってすぐの頃、海翔は大学内で驚異の七股事件を引き起こしていたので、物心ついたときからモテていたのだろうとわかっていたが、まさか中学生で爛《ただ》れた性生活を送っていたとは思わなかった。

するど海翔は美しい眉尻を下げ、

「フケツってさぁ～……だって仕方なくないか。中学生男子だぞ？　エロいこと考えてないわけないだろ。女の子はみんな俺に優しいし……流されても仕方ない」

ちっとも仕方なくはないのだが、彼は笑いながら日花里をベッドの上に押し倒した。

押し倒すと言っても、優しくだ。怖いことはなにもない。

日花里は笑いながら首を振った。

「考えるのと、実際に行動に移すのとは大きな違いがあるんですよ」

「それはそうだ」

海翔はクスッと笑って、それから日花里のかけている眼鏡を外し、布団の横に置いてあったティーテーブルの上にそれを置いた。

「ごめんな。俺が子供の頃から飛びぬけて行動力のある、いい男だったばっかりに」

「ばか……」

日花里の少し甘えたつぶやきを聞いて、海翔のウェーブがかかった黒髪がはらはらと零れ落ち、明るい茶色の目がきらりと光った。海翔は祖父がドイツ人なので、光の加減で時折瞳の色が緑色に輝くことがある。

こういうときは、特に。

押し倒された日花里は、海翔の精悍《せいかん》な頬を両手で挟んで、目を細める。

「悔しいけど、今の海翔さんを作ったのは、そういう過去なんだと思いますよ。他人に優しくて、困ってる子を放っておけなくて、どんな女の子にも気安くて……勘違いさせちゃうんだから」

上京したての日花里は、どんなに好意的に見ても田舎から出てきた地味でダサい女の子だったはずだ。だが海翔は日花里の容姿だとかスペックだとかは一切関係なしに、困っているからと当たり前のように助けてくれて、その後もずっと見守ってくれていた。

あれで好きになるなと言われるほうが無理である。

そして言い寄られれば強く拒絶できないのが、当時の海翔という男だったのだろう。

「日花里……」

思わぬ日花里の好意的な発言に、海翔は一瞬嬉しそうな顔をしたが、

「でもまぁ、複数同時進行は普通にクズです。不誠実です。刺されても仕方ないですよね」

「グッ……」

日花里の手のひら返しに、がっくりとうなだれてしまった。

「はい……おっしゃる通りです。反省してます」

そしてそのまま海翔は、日花里の頭のてっぺんを大きな手でよしよしと撫でながら、首筋に顔をうずめる。

（ちょっと強く言いすぎちゃったかな……）

少なくとも驚異の七股事件以降は、同時進行のお付き合いはやめたし、あれから八年以上経っている。今の海翔は日花里にとっては誠実な恋人だ。

「海翔さん……」

日花里は自分がされているように彼の後頭部に手を回し、優しく髪を撫でる。生まれて一度も染めたことがない美しい黒髪は優雅なウェーブがかかっていて、指にからませるとするりと滑り落ちていく。

そうやって何度か撫でていると、

「ん……」

海翔がかすかに身じろぎをして、体を寄せてきた。

そして次の瞬間、日花里の太もものあたりにゴリッとしたなにかが押し当てられる。

「……なにか、当たっているような」

「まぁな。当ててる」

海翔はクスッと笑って、それから日花里の首筋に唇を押し当てた。

ちゅっと吸われて、体がビクッと震える。

「か、海翔さん……？」

「シタい」

そして海翔はベッドの上に乗り上げると、日花里を熱っぽい眼差しで見下ろしてきた。

「し、したいって……」

甘えを含んだ海翔の声に、日花里の体は当然のように反応してしまう。

「今日、実家に帰るって決めてたから、毎日忙しかっただろ？」

彼の指がパジャマの裾に入ってきて、日花里は思わず唇を引き結んだ。

そう、海翔の言う通り年末進行のあれこれがあり、海翔は毎日深夜まで働いており、日花里も諸《もろ》諸《もろ》の事務仕事でぐったりで二週間以上体を重ねる暇がなかったのだ。

「お前にずっと、触りたかったよ」

海翔はそう言って、日花里のナイトブラの表面を指でなぞり、先端を軽く指でこする。

「あっ……」

全身に淡い快感が広がり、思わず声が漏れる。拒否しない日花里の反応を見て、海翔は先に進んでもいいと確信したらしい。彼はパジャマを首元までたくしあげると、ナイトブラの上から日花里の乳首を口に含み、もう一方の乳首は指で軽くつまみ、揺さぶり始めた。

「んっ……」

両親の寝室はリビングの向こうだ。声は聞こえない。わかっているが、やはり抵抗がある。緊張する日花里の唇から、吐息が漏れた。

「そうそう。一応実家だから声は我慢して」

一方海翔は少し楽しそうに笑って、それからナイトブラをたくしあげ日花里の胸を両手で包み込む。ボリュームのある日花里の胸の肉が、海翔の指の間からあふれるように盛り上がった。

「わぁ……えっろ……」

海翔の舌は日花里の乳首を柔らかく口に含み、吸いあげながらじゅるじゅると音を立てる。

「ん、あ……はっ……」

全身に淡い快感がしびれるように広がっていく。

実家でセックスすることに気まずさがあるはずなのに、日花里の体は海翔にすっかり開発されていて、彼に触れられるだけでほどけてしまうのだ。

「日花里、キスしよう」

海翔がささやき、覆いかぶさるように口づける。

「ん、う……」

唇を吸われて返事ができない。もごもごしているとそのまま口内に彼の舌が滑り込んできた。口蓋を舐め上げられ、何度も方向を変えて唇がむさぼられる。

海翔の舌からはかすかにミントの香りがする。さわやかで甘い海翔の味。

（気持ちいい……）

海翔とキスをするたび、いつも思う。ずっとずっと、死ぬまで一生こうしていたいと。

（海翔さん、好き……大好き……）

海翔を愛する思いが甘酸っぱく胸に広がっていく。

もっとしたくて彼の首の後ろに腕を回すと、海翔はウエストに手をかけて日花里のパジャマのズボンをするするとずりおろし、当然のように下着にも手をかけた。

「あっ……待って、海翔さん、電気っ……」

天井には煌々《こうこう》と明かりが灯っている。

日花里は慌てて手を伸ばし、サイドテーブルに置いてあった照明のリモコンを操作する。

「真っ暗にはするなよ。お前の顔が見えなくなる」

「……はい」

ちょっと照れながら明かりを最小にしぼっていくと、淡いオレンジの光が海翔の背中越しに目に入る。

海翔は日花里の下着を下ろし、あだっぽく目を細めた。

「もう濡れてる」

「そ、そんなこと言わないでください……」

「なんで?」

海翔は日花里の立てた膝の内側にキスを落とすと、足を左右に開き、そのまま身をかがめて日花里の秘部に顔を近づけた。

「俺を待ち望んでくれてるんだ。嬉しいに決まってるだろ」

指が花びらをかきわけ、舌がねっとりと這《は》い回る。海翔の舌は熱く分厚い。たちまち日花里を高みへと連れていく。

「んっ、あっ……んっ……」

声を漏らさないように手の甲を唇に押し当てると、海翔は太ももを抱えるようにして舌を押し付けた。

じゅるじゅると音を立てながら、海翔の舌が動き回る。彼の歯が膨れ上がった花芽をかすって、腰がビクンと揺れる。

「ん、ンっ、あっ……」

「日花里、しーっ……静かに……」

海翔は少し苦しげにささやくと、手の甲で濡れた唇をぬぐい体を起こす。そして右手の人差し指と中指を蜜口に押し当てた。

「指、入れるぞ」

「あぁ……」

日花里の蜜壺は海翔の指をやすやすと飲み込む。彼の指は長く、軽く揺さぶるだけで的確に日花里のいいところをこすり上げる。

「あ、あっ……だめっ……」

静かにしろと命令しておきながら、海翔の指も舌も日花里をちっとも気遣ってくれない。

緩急をつけて弱いところを責められ続け、自分の意思とは関係なく、全身がわななく。

「あ、あ……ッ」

「イケよ」

日花里がいやいやと左右に首を振るのを眺めながら、海翔はぷっくりと膨れ上がった花芽を親指で押しつぶす。

「〜〜〜……ッ！」

海翔に導かれるがまま、日花里の腰ががくがくと揺れた。

（あ、イっちゃう……！）

奥歯を必死でかみしめると同時に、全身をぱちんと弾けるような快感が包み込む。

「……指、すっげえ締め付けてる」

「あ、ああ……いってる、からっ……ゆび、ぬい、てっ……」

「つらい？」

そう言いながらも海翔は指を抜かなかった。もう一方の手でやさしく胸を揉みしだきながら、指の先端で中をくすぐっている。

強すぎる快感は過ぎると毒にすり替わる。

海翔はいつだって優しいが、セックスではたまに意地悪をするので日花里はすぐに降参してしまうのだ。

「ごめんな。でも俺、お前がイッてる顔見るの、好きすぎるんだよなぁ……」

海翔はしみじみとそんなことを口にしながら指を抜き、パジャマのズボンと一緒にテントを張ったボクサーパンツをずりおろし、自身の屹立を取り出した。それはすでに血管が浮き出るほど勃《た》ち上がっていて、先端からはとろとろと蜜が零れて幹をいやらしく濡らしていた。

「お前の中に入りたすぎて、俺のこれ、イライラしてるよ……」

「あ……」

海翔はかすれた声でそうつぶやくと、屹立を軽くこすり先端を蜜口に押し当てる。

触れ合っている部分の感触に、背筋がぞくりと震える。

もうさんざん抱き合っているのに、この瞬間はいつだって身構えてしまうのは、海翔に捕食されているような気分になるせいかもしれない。

「ゆっくり入れるから……」

上半身を起こした海翔は、日花里の膝をつかみ左右に開くと、ゆっくりと腰を進めた。

「あ……あっ……」

海翔のモノが日花里の中に押し入ってくる。

「あ～……キッツ……」

海翔がとろけるような甘い声で、ほう、とため息を漏らす。

大きく、硬く、太いソレは、今まで何度も受け入れてきたはずだが、いつまで経っても慣れることがない。軽く引き抜かれると内臓が裏返るような圧迫感があり、日花里は声にならない悲鳴をあげる。

「日花里……ゆっくり突くからな」

海翔は膝にのせていた手をシーツに下ろすと、ゆっくりと腰を揺さぶり始めた。

にちにちと粘着質な水音が響き、そのたびに日花里の太ももがビクビクと震える。

「ん、あっ、んっ……」

「我慢しても、声が出ちゃうんだな。かわいい」

海翔は優しく目を細めながら、日花里に覆いかぶさってキスをする。

セミダブルのベッドはそれほど大きくなく、海翔が腰を揺らすたびにぎしぎしと音を立てる。

肌がぶつかる音、お互いの秘部からあふれる蜜が交じり合う音、深くなる口づけ。

「腰が浮いてる。気持ちいい？」

「あ、いいっ……」

こくこくとうなずくと、

「もっと気持ちよくなろうな」

海翔はそうささやきながら、その瞳に欲望をたぎらせる。

そして気が付けば日花里は全裸に剥《む》かれ、ベッドから下りた海翔に背後から突かれていた。

ベッドの高さがあるせいか、いつもは当たらない場所を海翔の肉棒が激しくえぐる。と同時に、彼の手はベッドの上で丸まった日花里の胸の先をこりこりといじっている。

つねられて、ひっぱられて、こすりあげられて。なにをされても気持ちがよくて、夢か現実かの境界があいまいになるようだ。

「ん、あっ、んっ……」

声を出してはだめだと枕を抱えて顔をうずめているが、どれだけ抑えられているだろうか。

肌がぶつかるたびにパン、パンと音が響き、日花里はまた徐々に快感を募らせていく。

「あ、かい、と、さっ……」

「またイク？」

「ん、あぁ～ッ……」

こくこくとうなずくと、海翔もようやく満足したようだ。

「じゃあ俺も一緒にっ……」

海翔は日花里の肘をつかみ、うつぶせになっていた日花里の体を起こすと、背後から一気に突き上げる。

「それ、だめッ……！」

いやいやと首を振ったその瞬間、目の前に白い火花が散った。

日花里の背中は弓なりにのけぞり、唇がわななく。ぴったりと閉じられた日花里の白い太ももが激しく震えた。

「ひ、かりっ……」

何度か抽送を繰り返し最奥に屹立を押し込んだ海翔は、そのまま背後から日花里の唇をかみつくようにふさぐ。若干強引に顎《あご》を持ち上げられた日花里の唇の端から、飲み込めなかった唾液が零れた。

苦しい。

息ができない。

死んでしまう。

だが苦痛以上の快感が、日花里を包み込む。

「ん、う、んっ……」

快感に震える日花里を抱きすくめたまま、海翔はベッドに乗り上げてもつれるように倒れ込んでいた。

相変わらず彼のモノは日花里の中にみっちりと納まっていて、先端から熱いほとばしりを吐き出している。

「あ～……気持ちいい……」

海翔はすりすりと日花里の背中に頬ずりしながら、最後の一滴まで注ぎ込もうと腰を押し付ける。

そのたびに日花里は声にならない悲鳴を唇から漏らしながら、甘い痙攣《けいれん》の中に身をゆだねる。

「――日花里、大丈夫か？」

「はぁっ……はぁっ……はぁ……はい……」

　はいと言っておきながら、正直もう限界だった。必死に息を整えている日花里をよそに、海翔は特に息を乱していない。

　それから間もなくして、すっかりいつも通りに戻った海翔はクローゼットからタオルを取り出して日花里の体を清め、パジャマを着せて額にキスをする。

「海翔さんのえっち……」

　またためちゃくちゃに乱されてしまった。日花里は割と自分ではお堅い人間だと思っているが、海翔の手にかかるとたちまちふにゃふにゃにさせられてしまうのである。

　なんだか悔しくて唇を尖らせると、

「ごめん。どうしてもお前が欲しかったんだ」

　と甘い声でささやかれた。

　彼は自分の顔と声がいいことを熟知していて、なにをしても日花里なら許してくれると思っているのである。

（まぁ、事実ですけど……）

　そして心の奥底では、日花里も海翔に振り回されたいと思っているのだろう。

「なぁ、アルバムとかある？　子供の頃の写真とか見たいんだけど」

　パジャマの上着のボタンをちまちまと留めながら海翔が尋ねる。

「しゃしん、ですか……？　そこのキャビネットに入ってますけど……」

何度もイカされてぐったり状態の日花里は、壁際に設置してある収納棚の一番下をベッドの中から指さす。

「おっ、サンキュー」

海翔はパーッと笑顔になってベッドから抜け出すと、白いアルバムを手にとってベッドに戻ってきた。

そしてワクワクした表情でアルバムを開く。

日花里はぼうっとしたまま、海翔の膝に頭をのせてアルバムを覗《のぞ》き込んだ。

「そんな面白くないと思いますよ。私、本当に普通の子供だったんですから」

海翔はおそらく子供の頃から光り輝くように美しかっただろう。だが日花里は本当にどこにでもいる平凡地味女である。顔だって劇的には変わっていないはずだ。

「まぁまぁ……そう言わずに」

海翔はふくれっ面《つら》をした日花里に苦笑しつつ、最初のページを開く。

そしていきなりの一ページ目、生まれたてにもかかわらずもっちりもちもち状態の赤ちゃんの日花里を見て、喉の奥をぎゅっと鳴らしげふんげふんと咳《せ》き込んだ。

「グフッ」

「ちょっと海翔さん⁉」

かわいい赤ちゃん時代に吹き出されるとは思わなかった。

「や、ごめん。めちゃくちゃかわいくて……あはは……フフッ……ほっぺが零れ落ちそうだな……フフッ……くッ……」

「まぁ、そうですね。私、産院で『健康優良児』っていうのに選ばれたらしいですし」

「確かに健康そうだ。親御さんも安心しただろう」

海翔はそう言いながら、さらにページをめくる。

ねんねして手足をばたつかせている写真や、首が座って親戚中に抱っこされている写真、なにが面白いのか大爆笑している写真、ぺたんとお座りしているところなど、成長の過程が順番に残されている。

「白くてつるつるしてもちもちして……鏡餅に似てるな」

海翔は床にぺたんと座った、白いロンパース姿の日花里を指さして、にこやかに微笑《ほほえ》む。

(好きな人に悪気なく餅と言われる悲しさよ……)

日花里は「シルエットが確かに似てるかもしれないですねフフッ」と笑いながら、海翔の脇腹をぎゅうっと指でつねり上げていた。

「いてっ!」

海翔は大げさに身をよじりながらも、くすくすと笑っている。

「アルバム見てるだけで、お前がどれだけご両親にとって大事な存在なのか、よくわかる」

一ページずつめくりながら海翔は軽くため息をつく。

その写真は母が撮ったのか、あぶなっかしく『たっち』している日花里を、はらはらと心配そうに見守っている若い父の姿があった。

「だから、お父さんが結婚に積極的じゃないのも当然だ。むしろ付き合いを反対されてないだけ、かなり気遣ってもらってるよ」

「海翔さん……」

海翔はアルバム片手に日花里の頭を優しく撫でると、そのまま日花里の額に口づけを落とす。

「俺、頑張るからさ」

「え？」

「お父さんに認めてもらえるように、仕事頑張ろうと思う。それしか信じてもらえる手段ないだろうし」

海翔はさっぱりした調子でそう言うと、

「じゃあ俺、戻るな。おやすみ日花里」

アルバムを閉じて小脇に抱え、立ち上がった。

海翔のお布団は客間にすでに準備されている。いつもはセックスした後は必ず抱き合って眠るので、寂しい気がしたが仕方ない。

「おやすみなさい……」

暴力的な眠気が襲って日花里は布団の中にもぐりこみ、目を閉じる。
仕事を頑張って両親に認めてもらう。
（海翔さんがお仕事を頑張るなら、それを公私ともに支えるのが私の役目だわ……）
そう、結局今までとなにも変わらない。父もいずれわかってくれるだろう。
それからものの数秒で、深い眠りに落ちていったのだった。

ずっと憧れてました

「あけましておめでとうございます。今年もよろしくお願いいたします」

「おねがいしまーす！」

副社長である霧生辰巳《きりゅうたつみ》の挨拶に、ＲＯＣＫ・ＦＬＯＯＲ社の社員たちが元気に声をあげる。手にはそれぞれドリンクが入った紙コップを持っており、全体的に和やかな雰囲気である。

シブヤデジタルビルには自由に使えるミーティングルームが併設されており、年明けの仕事初めである今日は、ランチ新年会を兼ねてスタッフ全員でケータリングの昼食を取っていた。午後三時には解散なので、終始穏やかなムードだ。

「日花里さ～ん、こっちこっち！」

振袖に身を包んだ川端佐紀《かわばたさき》が、フロアの真ん中でぴょんぴょんと跳ねながら手を振っている。

「佐紀ちゃん、あけましておめでとう。今年もよろしくね！」

「おめでとうございます、日花里さん。あたしこそよろしくお願いしますっ！」

佐紀は元気いっぱいに挨拶を返すと、

「ま〜〜〜た日花里さん働いてる〜。みんな大人なんだから、飲み物とか自分でやらせればいいんですよっ」

日花里が持っていた紙コップをトレイごとテーブルの上に置いて、フンッと胸を張った。

性格的にじっとしていられないたちで、ついコマネズミのように動き回ってしまう日花里は、そうねと笑ってうなずき、つけていたエプロンを外して振袖姿の佐紀に目を細める。

「振袖素敵ね。すっごく、似合ってる！」

普段はロックやパンクファッションに身を包むことが多い佐紀だが、今日は華やかな振袖姿だ。だがよく見れば半襟がレースだったり帯揚げがベロア素材だったりと、今風で凝っている。個性的な佐紀らしい装いだ。

「この後、ライブに行くんで、ちょっとおしゃれしましたへへへ。でも足元はハイカットスニーカーなんですよ。あっ、一緒に写真撮ってくださいっ！」

そしてスマホを持ち上げ、日花里と並んでパシャリと自撮りをした。

そうやってわちゃわちゃと新年会を楽しんでいると、霧生が人をかきわけながら、紙コップ片手にこちらに近づいてくる。

「町田さん、川端さん、あけましておめでとう」

「おめでとうございます。今年もよろしくお願いいたします」

お互い真面目に頭を下げあう。

「霧生さんひとり？　社長はどうしたんですか～？」

あたりをきょろきょろと見回しながら佐紀が尋ねると、霧生は軽く目を細め、

「商工会議所の新年祝賀会に行ってるよ」

と、肩をすくめた。

そう、海翔は朝から特別美しく華やかに見える濃紺のスーツを身にまとい、気合を入れていた。商工会議所の新年会は、都知事や政財界の大物が多数集まるので、顔を売るのに最適らしい。己の美貌含め、使えるものはなんでも使う海翔である。

「え～っ、それは新年早々大変ですねっ。偉い人の長い話ほど退屈なものはありませんからねっ」

佐紀はまったく興味なさそうに笑いつつも、今度は霧生とぱしゃりと自撮りをした。

一瞬目をぱちくりさせたが、霧生は佐紀がやることをいちいち咎《とが》めたりはしない。

「俺と写真撮ってどうするんだよ」

と苦笑しつつも、佐紀のスマホの背面を見て、なにかに気づいたようだ。

「あれ、そのフォンタブのキャラクター……見たことあるな」

フォンタブというのは、スマホ本体とケースの間に挟むカードのことだ。そのカードに長めのストラップをつけることで、スマホショルダーとしての利用もできる。

佐紀のフォンタブには、薄紫の髪色をしたかわいらしい女の子が、胸のあたりで人差し指と中指でハートマークを作っているイラストが描かれていた。パッと見の印象では、朝の女児向けアニメ

かアイドルもののような雰囲気だ。アニメは見ないと聞いていたのだが、心境の変化だろうか。

「あれ、ご存じなんですか～？」

霧生の発言に、佐紀はスマホを裏返し、顔の横に持ち上げた。

「『ＳＬＡＰ《スラップ》』所属のＶチューバーだろ？　最近ちょこちょこＩ・ｔｕｂｅ《アイ・チューブ》で見るよ。切り抜きとかバズってるよな」

霧生が眼鏡を押し上げながらまじまじとフォンタブを見つめる。

「ですです。星影《ほしかげ》きららちゃんですっ！　今あたし、めっちゃこの子推してて～！　アイドルソングからラウドロックまで歌いこなすし、頭の回転早くて、おしゃべりも面白くて、かわいいんですよっ！」

はしゃぐ佐紀を見ながら、日花里は首をひねる。

『星影きららちゃん』はアニメのキャラクターとは違うのだろうか。

「ぶい、チューバー……って？」

「えっ、日花里さん、もしかして知らないんですか？」

佐紀が信じられないと言わんばかりに目をぱちくりさせる。

隣の霧生が苦笑しながら眼鏡を指で押し上げ、説明してくれた。

「Ｖはバーチャルのﾠ Ｖ。Ｉ・ｔｕｂｅで、２Ｄや３Ｄアバターで配信している人たちが、Ｖチューバーと呼ばれてるんだ」

「あぁ……バーチャル配信者のことなんですね」

アメリカの巨大企業が運営する、世界で最も有名な動画サイトＩ・ｔｕｂｅは、利用者が三十億人ともいわれる世界最大の動画配信サイトだ。動画の撮影、編集、配信を行う、Ｉ・ｔｕｂｅｒと呼ばれる動画配信者の中で、バーチャルキャラクターで配信を行っているのがＶチューバーと呼ばれる。ちなみに２Ｄというのは２・Dimensionで２次元、３Ｄは三次元ということになる。

合点がいったと手のひらをぱちんと合わせると、佐紀が呆れたように肩をすくめる。

「日花里さん……Ｖチューバーが世間で流行り出して、もう五、六年は経ちますよ」

「そ……そうなんだ?」

「ですです。きららちゃんが所属してる『ＳＬＡＰ』なんて、今年上場まではたしたんですから！　やっぱり自社ＩＰがあると強いですよね～！　バーチャルなら現実にいるタレントよりスキャンダルの可能性も低いし。これからもまだまだ伸びる分野だし、Ｖ人口も今や二万人！　これからも増えると思いますっ」

「なるほど……?」

佐紀の発言を聞いてスマホでＶチューバーを検索すると、大手メーカーのＴＶＣＭに出たり、地上波のバラエティ番組の出演をはたしていたり、大手メーカーとコラボしたりと、売れっ子芸能人並みの活躍だった。

ＲＯＣＫ・ＦＬＯＯＲ社は動画配信サイトやＶＲアプリの関連で大きくなった会社だ。いくら日花里が事務方とはいえ、職業柄、知らないでは済まされないような気がしてきた。

「いや、お恥ずかしい……勉強します」

日花里はごにょごにょしつつスマホをしまいこんだのだった。


そして勉強すると言ったその機会は、それからまもなくして訪れた。

なんと海翔が『SLAP』の新年パーティーに招待され、海翔、日花里、佐紀の三人が都内の外資系ホテルで行われるセレモニーパーティーに参加することになったのだ。

(一応ざっくりと『SLAP』のことは調べたけど……)

タクシーから降り、ホテル内の会場に向かいながら、日花里は隣を歩く海翔を見上げる。

「今日のパーティーって、ただの新年会とは違うんですか?」

「そうだな。まずはマスコミ向けに今年の春に開催予定のイベントの告知をやるらしい。とはいえ俺たちが参加するのは、にぎやかしパーティーだ。遅れて行くくらいでちょうどいいんじゃないか?」

「なるほど……。せっかくご招待いただいたんですし、社長にご挨拶できるといいですね」

「飛ぶ鳥を落とす勢いの『SLAP』だからな。機会があれば声をかけてみるか」

海翔はちょっと楽しそうに笑って、それからスーツ姿の日花里を見て、

「時間があったら、とっておきのドレス用意したのにな」

と、日花里の姿に納得いかないのか、至極残念そうである。

「いいですよ〜そんなの」

日花里は笑って肩をすくめたが、やはり海翔は不服なようだった。

そもそも海翔から連絡が来たのは数時間前のことだ。ＳＬＡＰの新年パーティーに招待された海翔は、当初ひとりで行く予定だったらしい。

だが出発直前になって、霧生からパーティーのことを聞いた佐紀が、

『後生なので、社長のお供として連れて行ってください！　会場で推しのライブが見たいんですっ……！』

と泣き落としにかかり、それならと日花里も一緒に連れてきてくれたのである。

表向きは仕方ないわねぇという保護者顔をした日花里だが、海翔とお出かけできるならマンション内にあるコンビニでも嬉しいので、顔が緩むしニコニコしてしまう。

（いやいや、これは仕事だから！　ちゃんとしないと！）

そうやって気合を入れつつ、新年っぽい音楽が流れているエントランスを歩く。

受付を済ませて中に入ると、百人単位のゲストが立食の形でパーティーを楽しんでいる景色が目に飛び込んできた。

「うわぁ〜、すごーい！」

泣き落としで付いてきた佐紀が、嘘のような笑顔でぴょんぴょんと跳ねながら会場の中に突入し

ていく。

「ほんと、すごいですねぇ……」

「金かかってるなぁ」

あとからついていく日花里と海翔も、驚きつつ会場内を見渡した。

色とりどりのライトで照らされている空間は、たとえて言うなら映画の中のＳＦ世界のようで、飾られている花やリボンもネオンカラーに統一されている。さらに前方のステージでは２Ｄ映像でトークイベントが行われており、七色の髪や瞳の女の子たちが、楽しそうにおしゃべりをしているのが見えた。まるで近未来ＳＦの映画のワンシーンのようだ。

「ふうぉぉぉぉ～……」

会場に足を踏み入れた佐紀は、目をキラキラと輝かせながらバッグから複数のペンライトを取り出し、きりっとした表情になる。

それを見た海翔が、怪訝《けげん》そうに眉をひそめ、佐紀の手元を覗き込んだ。

「それ、なに？」

「なにって、トークのあとは所属Ｖのライブがあるんですよっ！　配信チケットは買ってるんでアーカイブはチェックできますけど、やはりここでライブに参加できるの、最高です！　社長には常日頃思うことがありましたが、今は感謝してます！　今日ほどＲＯＣＫ・ＦＬＯＯＲに入社してよかったと思った日はありません～！」

佐紀は「場所取りしてきますっ。ではまた〜！」と言って、そのままあっという間に人混みに紛れてしまった。

「今の冗談だよな？」

海翔が日花里の顔を覗き込んでくる。

「さぁ……どうでしょう。本気かも」

日花里が笑うと、海翔は「まったく」と軽く肩をすくめた。

そうは言いながらもちょっと笑っているので、美形の困った微笑みというのは何度見てもいいものだなぁとしみじみしてしまう。

（それにしてもパーティー仕様の海翔さん、すっごく素敵だな〜……）

そう、今日の海翔はものすごく気合が入ったフォーマルモードだ。

高級メゾンのバージンウールスーツに身を包んだ彼は、普通にスーツを着ているだけでも芸能人顔負けの美男子なのに、髪をオールバックにしてその美貌を露わにしていた。会場に入ってからずっと、女性陣の熱視線を一身に集めていると言っても過言ではない。

だが海翔本人は自身に寄せられている注目はどうでもいいようで、ポケットに手を入れて舞台上を興味深い様子で見ているだけだった。

（人に見られることを意識してないんだろうなぁ……って、私も海翔さんに見とれてるばかりじゃだめよね。せっかくの機会だもの！）

日花里も気になっていたことを海翔に尋ねる。

「佐紀ちゃんに勧められて、Ｖアイドルのライブを見たんですよ」

「へぇ……どうだった？」

海翔が興味深そうに尋ねる。

「ステージの上には普通にバンドがいて、その前でアイドルが歌ったり踊ったりして、３Ｄに見えたんですけど、あれってどういう仕組みなんですか？　会場にいる人の目にも３Ｄ表示されてるんですか？」

するとと海翔は顎のあたりを指で撫でながら、

「やり方はいくつかあるが……そうだな。会場内に観客がいる場合は、厳密に音と映像に合わせる必要があるから、ステージのすぐ裏にトラッキングスーツを着たライバー本人がいて、動きを３Ｄキャラクターと同期させつつ、配信時には３ＤＣＧにＡＲをのせて映像にのせてるんじゃないか？　会場内では普通に２Ｄだろ」

と答える。

「じゃあここでは？　佐紀ちゃんがライブがあるって言ってましたけど」

「トークはリアルタイム配信だから、自社のスタジオからだろう」

「なるほど……」

言われてステージを見てみると、画面横には多くのコメントが怒涛《どとう》の勢いで流れていて、色とりどりのアイドルたちも時折コメントを拾って読み上げているようだ。猛スピードで流れるコメントを見ながら、日花里は目をぱちくりさせる。

とても読めたものではないと思ったが、このリアルタイムの流れが人々に『繫がり』を感じさせるのだろう。

「今にリアルに3D体験できるようになるんですかね」

「技術的にはフォトリアルな3D表示は、透明ARディスプレイの開発ですでに実現可能にはなってる。だが顔を3D表示させるだけでもカメラは何十台も必要だから、実際使うにはコストがかかりすぎるんだよな……。まぁ、技術の進歩は早いし。そのうち当たり前に体験できるようになるだろうが」

「そっかぁ……すごい世界なんですね」

SF映画のバーチャルな世界観は、もはや現実として届きかけているというわけだ。

ふんふんとうなずきつつ、日花里はふと思いついたように海翔に尋ねる。

「うちはやらないんですか？　その、Vチューバー事業とか」

ROCK・FLOOR社なら技術的には問題なくやれそうでもある。

すると海翔は緩やかに首を振る。

「今更追従したところで、うちみたいな技術屋がうまくやれるとは思えない」

「そうなんですか？」

「もちろん面白そうだと思ったことはあるんだが、ＳＬＡＰが成功しているのは、ひとえにＶタレントたちが魅力的だからだ。運営のかじ取りもしっかりしてるんだろう」

「なるほど……」

いくらインターネットの中の世界とはいえ、画面の向こうには人がいる。技術だけでは人を惹きつける魅力的なコンテンツは作れない――そういうことなのだろう。

そうやってあれやこれやと話していると、

「ありがとうございます。ＲＯＣＫ・ＦＬＯＯＲの藤堂さんにそんなことを言ってもらえるなんて、感激です」

背後から涼やかな声が響いた。

「ん？」

海翔が肩越しに振り返る。日花里も遅れて視線を追いかけると、ネオンのライトの明かりの下に若い男女が立っていた。

二十代前半くらいだろうか。中華服っぽいドレスを身にまとっているが、本人の体が華奢《きゃしゃ》なのでいやらしい感じはない。髪は黒髪のショートで少年のようだが、目が離せないコケティッシュな魅力がある女性だ。

そして隣にはぼさぼさ頭のほっそりした背の高い青年が立っていて、フード付きのジップパーカーとそろいのスウェット姿だ。様相がまったくわからないが、この中にいるので客には違いないだろう。ファッションも雰囲気もタイプはまるで違うのに、ふたりが寄り添っている姿は、まるで姉弟のようにしっくりきていた。

（誰だろう……？）

日花里が脳内の手帳をペラペラめくって考えたところで、海翔がにこやかに微笑んで一歩前に歩を進めた。

「ＳＬＡＰのＣＥＯ、豊永《とよなが》さんですね。初めまして」

海翔が右手を差し出すと同時に、豊永と呼ばれた女性はぱーっと笑顔になった。

「わぁぁ、嬉しいっ！　私のことを知っていただけているなんて、夢みたい！」

そして海翔の手を両手で包み込むと、キラキラした瞳で海翔を見上げる。

（この若い女の子が、ＳＬＡＰのＣＥＯ！　二十代前半ってあったけど、どう見ても大学生じゃない！！！）

日花里は内心驚きつつ、社長だという彼女の顔を見つめた。

ここに来る途中、ざっくりではあるがスマホで『ＳＬＡＰ』のことは調べている。

代表は女性で、豊永志穂《しほ》二十三歳。Ｖチューバーのアイドルを多数抱える株式会社『ＳＬＡＰ』の社長で、カリスマインフルエンサーでもある。彼女はその人生においても注目されていて、あちこちの媒体で紹介されていた。

小学生の頃から頭ひとつとびぬけて優秀で、周囲からは神童と呼ばれていたが、高校からは引きこもりに。その後、事務所に所属することなく、個人でVアイドルをしていた友人の手伝いを始め、インターン目当てで入学した名門大学は、起業するめどがたったらさっさと中退。動画時代の波にのり、今から二年前に動画サイト「I・tube」で活躍するアイドル事務所を作る。

ちなみに友人のVアイドルは起業の直前に引退しているのだが、当時の引退ライブは個人Vチューバーにもかかわらず、オンラインで二十万人が同時接続し、引退ライブ映像のクオリティの高さから、伝説の存在になったのだとか。

あくまでもネットにある情報をかき集めての知識だったので、どこまで本当なのだろうと疑っていたが、今、目の前にいる志穂を見ると、どうやら本当のことらしいと現実味が増す。

(学校に通わず十代から個人でVアイドルの配信の裏方をやって、二十歳で起業して去年には上場したってこと……？　どれだけハイスピードで人生駆け抜けてるの？　すごすぎる……)

安易にレッテルを張りたくはないが、彼女はいわゆる天才と呼ばれるたぐいの人間なのだろう。

彼女は隣に立つ青年に「ノゾム、名刺」と手を差し出した。

「は、はいっ」

ノゾムと呼ばれた青年は慌てた様子でスウェットパンツから名刺ケースを取り出し、志穂に手渡す。彼女はそれを受け取るや否や、一枚抜きとり丁寧に海翔に差し出した。

「今日は弊社の新年パーティーにご足労いただき、ありがとうございました。以前から藤堂さんとお仕事をしたいと思っていたんです」

「光栄ですね。こちらこそ、ぜひ」

名刺を受け取った海翔も同じく胸元から名刺を取り出し、彼女に差し出す。

志穂は名刺を両手でうやうやしく掲げると、

「やった、じかに藤堂さんから名刺をもらった！」

とはしゃいだように声をあげる。

その様子は本当に少女のようで、日花里はあっけにとられてしまった。

「よかったね、志穂ちゃん」

「うん！」

おっとりしたノゾムに向かって志穂はニコニコと無邪気な笑顔を浮かべると、それから海翔に向かって名刺を振り回しながら、

「仕事の件、約束ですよ！」

と言い、そのままくるりと踵《きびす》を返し、跳ねるように人の間を走り抜けていった。

まるで湖上を跳ねる石のように、ぴょんぴょんと、だ。身にまとっているのはおそらく高級メゾンのドレスなのに、日花里の目にはそれが妙にチグハグに映った。

「では改めて、ご連絡させていただきます。失礼します」

そしてノゾムも小さく会釈をすると、そのまま志穂のあとを追いかけていく。豊永志穂の陰に隠れていまいちよく人間像がつかめなかったが、彼もまたどこか独特な人目を引く雰囲気があった。

「なんだかエネルギッシュな方ですね」

上場企業のＣＥＯというよりも、学生アーティスト集団の主幹のようなエキセントリックさがある。

「まぁ、天才ってのは、えてしてああいうものだろ。俺たちみたいな普通の人間には、理解の外だよ」

海翔が笑ってそうつぶやくが、日花里からしたら海翔だってとんでもない非凡な魅力を持つ人間の部類である。

「海翔さん、それって凡人の私からしたら嫌味ですよ」

冗談めかしてそう言うと、海翔は切れ長の目を驚いたように目をぱちくりさせた後、少し緑がかった瞳を艶めかせながら微笑んだ。

「いや、それはないだろ。俺はどこにでもいる、普通の男だよ」

普通の男はこんな色っぽく微笑まないんですよ！

その瞬間、日花里の中に存在する重度の海翔オタクがビッグボイスで叫んだが、大人なので必死に飲み込んだ。

（もうっ、素敵すぎるんだから～～！）

八年も片思いしておいてようやく恋人になったというのに、海翔の一挙手一投足にいまだにドキドキしてしまう。

「いつか慣れる日が来るのかしら……」

もしかしたら死ぬまでこうかもしれない。

そんなことを思いながら、日花里は両手で頬をそうっと押さえるのだった。

それからまもなくして、ステージのほうからわぁ！　と歓声があがるのが聞こえた。

見れば天井や床から虹色のスポットライトがあたり、大きな透明スクリーンの中で、色とりどりの女の子たちがポーズをとっている。

どうやらVアイドルたちのライブが始まるようだ。

そして彼女たちを熱狂的に応援しているのは佐紀だけではなかった。サイリウムを持ったサラリーマン男性や、若い女の子、もっと上の世代の大人たちが、真剣に手を叩き画面にくぎ付けになっている。

（バーチャルだからって、ただの画像なんかじゃない。彼女たちは本当に、そこにいるんだ……存在してるんだ……！）

日花里はそのまばゆさに圧倒されつつも、七色の虹の渦の中、つられるように手を叩き、惜しみない拍手を送ったのだった。

それからしばらくして、半分夢見心地の佐紀が、ふわふわした足取りでこちらに戻ってきた。

「は〜……本当に最高のライブでしたっ……」

「私も想像以上に楽しかったよ。すごいんだね、本当にそこに『いる』んだって、感動しちゃった。本物のアイドルだよ～！」

最後の一曲はオーディエンスの掛け声もばっちりで、まったく彼女たちを知らない日花里ですら謎の一体感を感じたくらいだ。

フロア内を巡回していたウエイターからオレンジジュースをもらい、佐紀に差し出す。

「でしょ～？　もうバーチャルはリアルなんですよ～！　きららちゃんは存在するんですっ……！」

佐紀はペコッと頭を下げてジュースをごくごくと飲み干すと、それから満足したように大きく深呼吸しあたりを見回した。

「あれ、社長は？」

「顔見知りの投資家に見つかって、あっという間にさらわれちゃった」

そして超有名な投資家の名前を、人に聞こえないようにささやく。

「えっ……我が社、どこかに売られたりしませんよね？」

案の定、佐紀がひどく慌てたように眉をひそめたので、笑って首を振る。

「違う違う。ベンチャーキャピタルを立ち上げるとかで、海翔さんを社外取締役として迎えたいってお誘いよ。以前から頼まれてたみたいなの」

ベンチャーキャピタルというのは、未上場の企業に出資して、上場した際に株式を売って利益を得る投資会社だ。海翔は学生時代から株も投資信託も続けていて、投資家としての一面もあるらしい。

「そういえば社長、結構真面目にビジネスコンテストとかピッチイベントに登壇してますもんね。投資家としても名前が知られてるんだぁ〜。じゃあとりあえず弊社が売られることはないか……よかった！」

佐紀がホッとしたように胸を撫でおろす。

「当たり前じゃない。海翔さん、霧生さんと立ち上げたＲＯＣＫ・ＦＬＯＯＲのことは、とても大事にしてるんだから」

「ですねっ！　お金と人脈に強い社長と、技術オタクの副社長がいてくれる限り、我が社は安泰！　そして日花里さんは、公私ともにあの社長を支える、縁の下の力持ちっ！」

佐紀はニカッと笑う。

「縁の下の力持ちなんて……そんなたいしたことはしてないわよ」

佐紀の大げさな発言に、日花里は照れつつもいやいやと首を振った。

そう、これまで頑張ってきたのは海翔や霧生、そして社員のみんなだ。日花里だってお給料をもらっている社員のひとりで、仕事として当たり前のことをやっているだけである。

（っていうか……仕事以外でも……それほど海翔さんの生活を支えているわけではないし）

確かに一緒に暮らしているが、海翔は基本的になんだって自分でやる。唯一苦手なのは料理だが、外食もあるし、外注すれば栄養価満点の料理が勝手に冷蔵庫に詰め込まれるし、掃除も洗濯もすべて外注だ。

正直日花里がやれることなど、すべてお金で解決できるのである。

(そう思うと……ただ好きだっていう気持ちだけで、海翔さんは私と結婚しようとしているわけで……)

自分にそんな価値があるのだろうか。

本当に海翔と結婚していいのだろうか。

一瞬、そんな不安がほんの少しだけ胸をよぎったが、慌てて脳内でそれを打ち消した。

(いやいや……こういう考えはよくないわ！　私なんか、みたいな卑屈な考えは、誰も幸せにしないんだから)

損得で結婚するわけではない。海翔が好きだから、そばにいたいから結婚する。海翔も日花里が必要だから、一緒にいることを選んでくれたのだ。

仮に彼が事業に失敗して一文無しになったとしても、この気持ちは変わらない。それは胸を張って神様にだって誓えることだった。

自らに気合を入れなおした日花里は、へらっと笑って、

「佐紀ちゃん、ちょっとお手洗いに行ってくるね」

と、気分転換にメイクを直しに行くことにした。

「ふぅ……」

ひんやりとした空気が火照《ほて》った体に気持ちがいい。パーティー会場を一歩出ると、途端に静かになる。足元のふかふか絨毯《じゅうたん》にすべての音が吸い込まれているのだろうか。

そんなことを考えながら歩いていると、正面から女王のように歩いてくる女性の存在に気が付いた。

豊永志穂だ。彼女自身よく目立つうえに、モデルか俳優の卵なのか、タキシード姿のキラキラした男を複数人引き連れている。

（うわああ、すごい！　絵に描いたようなグッド《G》・ルッキング《L》・ガイ《G》を連れて歩いている……！）

彼女は傍らのＧＬＧに体を寄せつつ、スマホで自撮りをして笑いあっている。

（同世代やもっと若い女の子からしたら、彼女みたいなのは憧れなんだろうなぁ……）

うなるような資産を自分で稼ぎ、オートクチュールのドレスを身にまとい、ハイブランドのアクセサリーやバッグを身に着け、目が覚めるような美男子たちにお姫様のようにかしずかれている。

凡人の日花里からしたら、雲の上どころかおとぎ話レベルの遠い存在だ。

（まぁ、一生私とは交わらないタイプの人だわ……）

そんなことを考えつつ、ぺこりと会釈をして通り過ぎたのだが。

「ねぇ、待って。あなたＲＯＣＫ・ＦＬＯＯＲの人よね」

彼女は熱心に見ていたスマホから顔を上げ、日花里を呼び止める。まさか彼女が自分を認識していると思わなかった日花里は、慌てて立ち止まった。

「は、はいっ」

（さっきは私のこと完全に無視してたのに……）

悲しいかな、昔から海翔のそばにいると『無視』か『品定め』されることが多かったので、無視されることには慣れている。そんなことでいちいち傷ついたりはしないのだが、一応自分があの場にいたことを認識されていて驚いてしまった。

そんな日花里の葛藤《かっとう》もいざ知らず、彼女は人懐っこく笑いながら近づいてくる。

「ねぇ、ちょっと聞きたいんだけど、藤堂さんって独身よね。彼女いる？　モデルのＲＩＲＩと噂になってたと思うんだけど、あれマジなの？」

怒涛の勢いでプライベートなことを聞かれてドキッとしたが、

「えっ……あの、ＲＩＲＩさんの記事は誤解でして……あの場には副社長もいましたし、あくまでも知人のひとりです」

とりあえず誤解は解いておいたほうがいいだろうと、素直に返答する。

「あ、そうなんだぁ」

志穂は少し嬉しそうに胸のあたりに手をのせ頬を緩めたが、さらに追及してきた。

「じゃあ恋人はいるの？」

「っ……え……えっと……は、はい……」

一瞬、迷ったがうなずいた。片思いをしていた頃なら『知りません』で通したが、今は違う。自分たちは両親に結婚の挨拶をした仲なのだ。

(だってこれは、仕事とかそういうアレじゃないもんね。プライベートなことを聞かれてるわけだから……海翔さんの仕事の邪魔にはならないわよね⁉)

だが同時に、心の奥底で彼女に反抗心を抱いている自分にも気が付いてしまって――。

(私……はっきり自分がそうですって言えないくせに、豊永さんに海翔さんに近づいてほしくないって思ってるんだ)

我ながら意気地がなさすぎて、ちょっと凹《へこ》んでしまう。

(いやでも、ここで私がそうですけど？　なんて言っても笑われるかもしれないし……！)

モヤモヤしつつ自分にそう言い聞かせていると、志穂は、

「まぁ、いないわけないか。当然よね」

と、あっさりうなずいた。そして薄い唇の両端をきゅーっと持ち上げて、目を細める。

「私ね、藤堂さんに憧れて起業したの。だから今日お会いできて本当に嬉しかったわ」

「えっ？」

「それだけ。じゃあ彼によろしくね！」

「は……はい。失礼します」

そして彼女は、またGLGを引き連れて爆音が流れる会場へと戻ってしまった。

「――はぁ」

思わず日花里の口から深いため息が漏れる。

豊永志穂。まるで嵐のような女性だ。彼女自身がエネルギーに満ちていて、弱い人間は全部根こそぎ吹き飛ばしてしまうような、そんなパワーがあった。

「憧れ……」

志穂の赤い唇から放たれた『憧れ』は日花里の胸をまっすぐに突いた。

それは純粋に、同じ経営責任者だからだろうか。

それとも……。

日花里の胸にもやもやした、説明しづらい感情が湧き起こる。

(海翔さんに憧れて起業……それで成功した人、初めて会ったかも)

ROCK・FLOORは通年社員を募集していないので、時折『藤堂社長に憧れています。勉強させてください』という学生から連絡がくることがある。海翔はそういうとき、余裕があればインターンとして採用したりするのだが、その後、学生が起業したとか成功したという話はとんと聞いたことがなかった。やはり己の才覚だけで起業し成功させるというのは、とんでもなく難しいことなのだろう。

だが豊永志穂は違う。本物だ。憧れで終わらせず、成功させた。しかもたった数年で。若さと才能、どちらも持ち合わせているすごい女性だ。

（なんだかまぶしいな……）

彼女に嫉妬しているわけではない。凡人の自分と、夢に向かって行動したであろう彼女を比べるのもおこがましいと思っている。だがその強烈な個性は海翔と通じるものがあって。疎外感を抱いた日花里は、ほんの少しだけれど胸に隙間風が吹いた気がした。

「一気にエネルギー、奪われた気がする……」

メイクを直す気にもなれなくなった日花里は、とぼとぼと歩いて行き止まりにあるソファーセットに腰を下ろす。

「きれいだなぁ……」

目の前には東京の夜景が一面に広がっており、星屑をばらまいたかのようにキラキラと輝いていた。ぼんやりと眺めていると、自分が今どこにいて、なにをしているのかわからなくなるような感覚に陥る。

東京に出てきて十年になるが、都会には天才と呼ばれずとも、優秀な人間がゴロゴロと転がっていて、自分のような特に一芸に秀でているわけでもない、平凡な人間は生きている意味があるのかなんて思ってしまう。

（海翔さんはいわずもがな、霧生さんだってすごい人だ。私の周りにはできる人が、多すぎるのよね）

先ほどの志穂の圧倒的パワーの前に、自分が夜景の明かりのひとつに混じってしまいそうな気がして、すっかり気分が落ち込んでしまった。

「……はぁ」

小さくため息をついた次の瞬間、

「おねーさんっ」

いきなり隣に若い男が腰を下ろし、ソファーの背もたれ越しに肩に腕を回してきて、日花里は「ひゃあ!」と声をあげてしまった。知り合いかと見れば黒のタキシードを着た美少年だ。おそらく二十歳そこそこなのではないだろうか。

(全然知らない人だ……)

目をぱちくりさせて、日花里は軽く首をかしげた。

「失礼ですが、どこかでお会いしましたか?」

これほどの美少年なら、話していれば絶対に覚えているはずだ。

そう思った日花里はおそるおそる尋ねたのだが、

「わぁ、堅い。びっくりするほど堅い」

少年はふふっと笑ってすらりと長い足を組み、膝に肘をついて日花里の顔を下から覗き込んできた。

(この子、CGみたいな顔してるなぁ……今どきの若者だわ)

まつ毛はマスカラでバサバサしているし、眉もきれいなアーチを描いていた。唇はほんのりにじむような薔薇《ばら》色で、陶器でできたお人形みたいな顔である。そしてどう考えても日花里よりメイクがうまい。彼はじりじりと日花里に近寄りながら、甘ったるい香水の香りをぷんぷんさせながら顔を近づけてくる。

「僕、お姉さんと仲良くなりたいんだよね。ここじゃなんだから、ちょっと抜け出さない？」

「え？」

なぜ見知らぬ美少年と仲良くしないといけないのか、抜け出してどこに行こうと言うのか。日花里はまったく飲み込めなかった。そしてなにより、絶世の美女ならまだしも、どこからどう見ても自分は仕事帰りの若干お疲れ気味会社員だ。美少年に声をかけられるような女ではない。

（やっぱりどこかで……）

数秒考え込み、そこでふと、唐突に思い出した。

「あなた、豊永さんと一緒にいた人じゃない！」

すれ違ったときはＧＬＧの集団だったので個々の顔までは覚えていなかったが、やはり美というのは強烈な個性でもある。

「ははっ、正解～！」

美少年がうなずくと同時に、「ここ、空いてる？」と日花里を挟み込むようにもうひとり、タキシード姿の男性が隣に腰を下ろした。

（挟み込まれた！）

日花里は冷や汗をかきながら、彼を見つめる。

こちらは塩系の美男子だ。真澄《ますみ》が見たら『ドドドドドタイプ！』と叫んだに違いない。彼もまたスタイルが良すぎるので絶対に素人ではないだろう。

「席はほかにも空いてますよ……」

日花里は押し寄せてくる美の暴力におびえながら首を振る。

「きみの隣がってこと」

美男子は漫画みたいにきれいなウインクをして、それから日花里の膝に手を置いた。

「結構ですっ」

日花里は驚きつつソファーから立ち上がっていた。次から次に意味がわからないが、おそらくこれは志穂だ。きっと彼らは志穂に命じられてなぜか日花里にちょっかいをかけている。

（でも、どうして？）

日花里のあからさまな敵意に、男たちは驚いたように目をぱちくりさせたが、肩をすくめ苦笑した。

「いやいや、別に取って食おうってわけじゃないよ。おしゃべりして仲良くなりたかっただけなんだ」

「そうそう。お姉さんがひとりぼっちで寂しそうだから、話し相手になってあげてって言われただけ。これは彼女の善意ってわけ」

美しい男たちは顔を見合わせてニコニコと笑っている。

(ぜっ……善意~~~~!?)

一方日花里は絶句して、池の鯉のように口をパクパクさせていた。

いくら彼らがとびきりきれいな男の子だからと言って、知らない男子に挟まれておしゃべりしたいなんて一ミリも思わない自分が変なのだろうか。

(いや、変じゃないよね……たぶん)

そもそも大学に入ったときも、なかなか友達を作れなかった日花里である。もとは人見知りと引っ込み思案のハイブリッドなのだ。日花里は彼らを不快にさせないよう、言葉を選びながら口を開いた。

「えっと、お気遣いありがとうございました。でも私には必要ないので、豊永さんのところに戻っていただいて大丈夫ですよ」

失礼にならないよう、社会人として最低限の礼儀を持って接したつもりである。

にこ、とはにかむように笑うと、陶磁器人形のような男の子が「へぇ……」と感嘆の声をあげた。

「おねえさん、よく見たら美人だね。スタイルもいいし、なんでそんな地味な感じに擬態してるの?」

「えっ?」

「普通におねえさんタイプかも~」

「えええっ……！」

彼は子犬が跳ねるように日花里に迫ると、その手をぎゅっとつかんで引き寄せ、こびるようにまつ毛を瞬かせた。

「ね、僕、結構本気になっちゃうかも。いい？」

「ひえっ……」

条件反射で顔は赤く染まるが、自分よりもきれいな男の子のリップサービスで、舞い上がる日花里ではない。

「いやいや、そういう営業活動はほんと、求めていないのでっ」

「営業なんてひどいなぁ。僕本気だってば。てか、おねえさんのほっぺた、きれいなピンクになるのかわいい〜」

美少年はニコニコ笑いながら日花里の頬に手を伸ばす。

その瞬間――。

「誰の許可を得て、俺の女に触ってんだよ。あぁ？」

ドスのきいた低い声とともに、美少年の手首がつかまれる。驚いて声のしたほうを振り返ると、そこに海翔が立っていた。

「あっ……海翔さん」

日花里の呼びかけを聞いても、海翔は美少年から目をそらさなかった。切れ長の、かすかに緑が

かった瞳が天井のシャンデリアを反射して、煌々と輝いている。

『俺の女』には驚いたが、まさに圧倒的肉食獣の『お前の息の根を止めるぞ』という強者の圧だった。

美少年と美男子はその迫力にひゅっと喉を鳴らし「や、すんません……」と一気にテンションを下げ「失礼しましたっ！」と頭を下げるや否や、海翔の手を振り切ってダッシュで逃げていく。

彼らも志穂に言われて日花里にちょっかいをかけただけなのに、死ぬほどの恐怖を覚えたのではないだろうか。かわいそうにと思いつつ、相変わらず男たちが消えたほうをにらみつけている海翔に、そうっと手を伸ばす。

「……海翔さん」

腕に触れるよりも早く、海翔が日花里を片腕で抱き寄せる。

「わっ……」

背の高い海翔に抱き寄せられると、当然のように踵《かかと》が持ち上がる。

バランスを失った日花里がとっさに海翔の胸に手を置くと、

「腕は背中」

日花里の首筋に顔をうずめた海翔が、低い声でささやいた。

「――」

人に見られたら、と思うと少し迷ったが、おそるおそる腕を回して彼の背中をぽんぽんと手のひらで叩く。

「助けてくれてありがとうございました」

「や……ちょっと強引すぎたな。怖がらせたらごめん」

海翔は軽く息を吐くと、同じように日花里の背中を片手でぽんぽんと叩き、ようやく解放してくれた。

「もしかして探しに来てくれたんですか？」

「ん……まぁな。お前がホテル内で迷子になってるんじゃないかと思って」

海翔がいたずらっ子のようにニヤッと笑って肩をすくめる。

「もうっ、子供じゃないんだから！」

日花里が笑って海翔の胸を手のひらで叩くと、彼はハハハと快活に笑って時計に目を落とす。

「一通り挨拶は終わったから、帰るか？」

「佐紀ちゃん、まだ楽しんでるみたいなので、最後までいましょうよ」

社長が先に帰ると言ったら佐紀も気を使うだろう。

「あいつはそんなの気にしないと思うけど……まぁ、そうだな」

そして海翔はさも当然と言わんばかりに、日花里の肩を抱き寄せて歩き始めるのだった。

それからパーティーは最高潮の盛り上がりの中、無事に終了した。

ホテルのエントランスで「友達と今から飲みに行きます〜！　社長、ありがとうございました〜！

日花里さんおやすみなさーい！」と元気いっぱいな佐紀と手を振って別れる。

彼女を見送ったところで、海翔がふと思いついたように空を見上げた。

「せっかくだから、少し歩かないか？」

「そうですね」

このままタクシーに乗って帰るよりも、海翔と並んで歩きたい。

「最近ゆっくり話もできてないですよね」

「そうなんだよなぁ……。思ったより忙しくて……悪いな」

苦笑しながら海翔は目を伏せ、正面玄関の自動ドアを潜り抜けながらコートを羽織った。

本人はまるで意識していないのだろうが、清潔な額に黒髪がはらりとかかって、それが妙に色っぽい。

（はぁ……カッコいい……好き……好きすぎる……）

大学生の頃からずっと長い片思いを続けていたし、なんなら今でもそのメンタルは変わっていないので、海翔の一挙手一投足にいちいち見とれてしまう。

いまだにこの美しい人が自分の恋人だなんて、信じられないくらいだ。

エントランスを出た日花里も、胸をドキドキと高鳴らせながらコートを羽織る。

「大丈夫ですよ。海翔さんがお仕事頑張ってくれてるの、わかりますから」

寂しい気持ちがないわけではないが、海翔は自分との結婚のために努力してくれているのだ。だからそこは感謝を伝えたかった。

するとと海翔は少し唇を尖らせて、

「え～……寂しがってほしい」

と、拗《す》ねたように目を細める。その言い方があまりにもかわいくて、日花里は吹き出してしまった。

「もうっ、かわい子ぶらないでください」

海翔は日花里相手だと甘えたようにかわい子ぶってくることがある。だがそんな恋人同士の茶番も楽しくてたまらない。

そうやってふたりでふふふと笑いあっていると、ぴゅうっと冷たい風が吹き込んで、全身が凍えた。日花里は思わず、身を縮めるように肩をすくめる。

(歩くならボタンは留めておいたほうがよさそうね)

日花里は立ち止まり、コートの前身ごろのボタンを留めていたのだが、

「ボタンずれてる」

振り返った海翔が、少しからかうように顔を覗き込んできた。

「えっ……!?」

慌てて見下ろすと、確かに豪快にずれている。たわんだコートに気づいて頬が赤くなる。

（小学生みたいなことをしてしまった……）

慌ててボタンを外し、改めて留めなおしていると、海翔が日花里の前に回り込み、首元に手をやってボタンを留めてくれた。

「しょーがねぇなぁ」

そう言いつつも、海翔はご機嫌だ。

（うう……恥ずかしい……）

甘えられたと思ったら、すぐに甘やかされてしまった。首元のファーに顎先をうずめつつ、海翔を見上げると、長いまつ毛を伏せた海翔の顔が至近距離にあって心臓が跳ねる。

日花里の視線に気が付いた海翔が、ふっと表情を和らげてかすかに目を細めた。

ホテルの正面玄関は優雅なスロープが間接照明で彩られており、キラキラと輝きながら海翔を照らしていた。

「できた」

ボタンを留め終えた海翔が、日花里の鎖骨のあたりを手のひらでぽん、と叩く。まるで母親が子供に服を着せるような優しい仕草に、胸の奥がきゅっと締め付けられて、苦しくなった。

（海翔さんは本当にいつだってきれいだけど……だけど私はこの人が、今みたいにきれいじゃなくなっても、きっと死ぬまで好きでいるんだろうなぁ……）

唐突に、そんなことを思った。

「どした？」

その場に立ち尽くしたまま一歩も動かない日花里を不思議に思ったのか、海翔が首をかしげる。

「えっ……あぁ……その、私、海翔さんのこと……今後ものすごく太ったり、禿《は》げたりしても、好きだろうなって」

それは間違いなく日花里の本心からの愛の言葉だったのだが、

「はっ……？」

海翔は一瞬ぽかんと目を丸くして、それから「ハハッ……！」と白い歯を見せて笑うと、そのまま日花里を正面から抱き寄せた。

「俺に向かってそんなこと言うの、お前だけだよ」

耳元で海翔の声が響いて、少しくすぐったい。

「えっ、あっ、ごめんなさい、その、人様の外見やルッキズム云々《うんぬん》とかではなくてっ」

「大丈夫、わかってる」

海翔は日花里の後頭部に手を回し、耳元でささやく。

「俺も時々思うんだ。お前がしわしわのおばあちゃんになっても、俺はお前が好きだろうなって」

そして海翔はきらめく街灯の下で、少しかすれた声でささやいた。

「日花里。愛してる」

「わ……私もあ、あ……愛して、ます……」

耳がカーッと熱くなっていくのを感じながら、海翔の背中に腕を回しぎゅっと抱きしめた。

外資系のホテルは海外のゲストが多く出入りしているので、抱き合っている男女など珍しくともなんともない。そう、珍しくないから。

（このくらい、いいよね……）

近づいてくる海翔の吐息にキスを予感し、目を閉じる。

ホテルの前の車に乗り込んでいた志穂が、意味ありげな視線で見ていたことには、気づかずに
――。

思わぬ指摘

ＳＬＡＰの新年パーティーから二週間ほどが経ったある日のこと。

海翔を除く、各部門のリーダーが集まったチームミーティングの場の最後で、「まだ契約前だが、伝えておきたい。ＳＬＡＰから仕事の依頼が来た」

霧生が発言し、場がざわめいた。

「ＳＬＡＰってあのＳＬＡＰ？　うちに仕事の依頼が来たんですか？」

開発部門の女子社員が、驚いたように目を見開きテーブルに身を乗り出す。

「来年のエイプリルフール用のアプリ制作らしい」

答える霧生も、いつも落ち着いた彼らしからぬ少しソワソワした様子だ。

「へぇ～！　すごい！」

霧生の発言に、メンバーがみな一斉に明るい表情になった。

（やっぱりＳＬＡＰと仕事をするって、すごいことなんだ……）

議事録を作成していた日花里は、テーブルにいる社員たちをぐるりと見回し、少し緊張しながらキーボードに指を滑らせる。

「ちなみにその、エイプリルフール用のアプリってどんなものなんですか？」

日花里が尋ねると、隣に座っていた霧生が日花里に向かい、親切に説明してくれた。

霧生いわく、ゲームにかかわらずエンタメ業界では、エイプリルフールには特別なイベントやSNS上でのお遊びなどが開催されることが多いらしい。SLAPは自社所属のVチューバーアイドルを使った、一日限定の音ゲーアプリを提供するらしく、その制作をROCK・FLOOR社に依頼してきたのだとか。

「アプリは一日で消えちゃうんですか……？」

日花里は意味がわからず首をかしげる。

当然だがアプリ制作にはかなりの資金がかかる。なのに一日限定ということは、そのアプリで制作費を回収する気はないということだ。

「ああ。しかも超有名アーティストに新規の楽曲を依頼して、アニメまで作るらしい」

「たった一日のイベントのためにそこまでするんですか？　むしろファンは課金させてくれってレベルですね！」

ほかの社員も霧生の話に驚いたように肩をすくめ、そこからしばらくSLAPの話題で場はもちきりになった。

「本格的に、アプリゲームへの参入を考えているのかもしれないな」

「それってうちが、ＳＬＡＰのスマートフォン向けのゲーム事業を引き受ける可能性があるってこと……⁉」

「モバイルゲームの市場は、日本だけでも二兆円産業ですよ。Ｖアイドルを多数抱えてるＳＬＡＰの参入はマジでありうる……！」

「やっぱ音ゲーかな」

「いや、世界観大事にしてるから、シナリオゲームって可能性もあるよ」

社員たちは一方的にああでもないこうでもないと言い合った後、

「副社長、なにがなんでもこの仕事まとめてくださいねっ！」

と力強く提言し、ミーティングは興奮のまま解散となった。

「仕事をまとめるのは海翔の仕事だけどな」

社員たちが出て行ったのを確認し、霧生は肩をすくめつつ、隣で資料を読み込んでいた日花里を気遣うように声をかけてきた。

「というわけで、また忙しくなりそうなんだが……ふたりにとって大事な時期なのに申し訳ない。なるだけ調整するから、状況がわかり次第都度相談してくれ」

去年の末には『近いうちに入籍だけ済ませる』と海翔が霧生に伝えていたから、そのことを詫びているのだろう。さすが気遣いができる霧生だと感心しつつも、日花里は慌てて首を振った。

「えっ、いやいやそんな。大きな仕事があるのはありがたいことですよ。それに……私と海翔さんの結婚も、もっと落ち着いてからになるはずなので……急を要するようなことはないかと思います」

「あれ、そうだった？　海翔は今すぐ入籍するんだって鼻息荒くしてたのに。年末はご両親に挨拶に行ったんだろ？」

眼鏡を押し上げ、不思議そうに首をかしげる霧生に日花里はあいまいに微笑む。

「ええ、まぁ……そうなんですけど」

さすがに日花里の親に反対されているから入籍できないなんて、海翔の名誉のためにも口にできるはずがない。

あやふやな表情でうなずいた日花里だが、霧生は日花里よりも海翔との付き合いが長いので、いろいろ察知したのかもしれない。

「あ〜……もしかして」

「お気遣いなく」

日花里がふっと笑うと、霧生もうなずいた。

「海翔なら、仕事で挽回できるんじゃないかな……たぶん」

「――そうですね」

遠い目をした副社長から目をそらし、日花里もまた似たような眼差しで窓の外を見つめた。

（仕事で挽回かぁ……やっぱりそうなるよねぇ）

確かに海翔は、去年末のやんわり結婚を反対された一件を受けて、より一層仕事にのめりこむようになった。きちんとしたわかりやすい成果を求めて休みなく日本中を飛び回るようになり、日花里と過ごす時間はかなり減っている。また今回のＳＬＡＰの案件も一度きりのアプリ開発ではあるが、今後のことを考えればかなり力を入れるはずだ。

日花里はノートパソコンを腕に抱いてミーティングルームを出てデスクに戻る。スマホを見ると、出先の海翔からメッセージが届いていた。

【今日は早く帰れそう。肉食いたい。肉】

語尾にお肉の絵文字が飛んでいて、ふっと日花里の頬が緩む。

【寒いし、しゃぶしゃぶにしましょうか】

（そうよね。海翔さんが頑張るのは私たちの未来のためでもあるわけで……だから寂しいなんて思っちゃだめよね）

日花里はスマホをデスクにのせると、気を取り直したように仕事に取り掛かるのだった。

二月になったばかりの今日、バレンタインが近くなったせいかショーウィンドウもピンク系統が増えて、町全体がぐっと華やかになる。

「なんでわざわざ、あちらがうちに来るんですか？」

佐紀の問いかけに、改札を出た日花里はスマホに目的地までの地図を表示させながら、

「ＳＬＡＰの社長さんの強いご希望なんですって」

と、答える。

その後、アプリ開発の契約はとんとん拍子に進み、二月に入ってから本格的にプロジェクトが始動することになった。

ROCK・FLOOR社の中にも佐紀以外にVチューバー好きな社員はたくさんいて、半分以上がSLAP所属を含めたVチューバーのチャンネル登録をしているのだという。もちろんみな仕事に私的感情は持ち込まないようにしているが、憧れの会社との新規の仕事に浮足立っているのは肌で感じていた。

そして本来なら海翔と霧生がSLAP本社に向かうところ、SLAPとの初打ち合わせはROCK・FLOOR社でということになった。それが今日、というわけだ。

日花里の返答を聞いて、佐紀が大きな目をぱちくりさせた。

「へぇ～～！　じゃあ今わざわざ買いに行ってるケーキもその社長さんのため？」

「そうよ」

小さくうなずくと、佐紀はひどく感心したように唇をきゅっと引き締める。

「日花里さんってほんと気が利きますね」

「別に、大したことじゃないでしょ。せっかく来てくださるんだからそのくらいはね」

日花里は笑って肩をくすめた。

白金台《しろかねだい》にある某有名パティスリーのチョコレートケーキが三度の飯より大好き、というのは業界で有名な話らしい。わざわざおいでいただくのだから好物くらい用意したほうがいいだろうと思ったのだが、それを知った霧生が『じゃあせっかくだからスタッフのおやつも買ってきて』と、佐紀をお供につけてくれたのだった。

「焼き菓子以外にもシュークリームとか買いましょうよ～！　会社のお金最高～ッ！」

「ふふっ、そうだね」

派手に腕を振り上げる佐紀の提案にうなずきつつ、目的地へと向かう。

パティスリーは駅から五分ほど歩いたところにある白い建物だった。店内はそれほど広くないが生菓子がショーケースの中で色とりどりに並べられており、見ているだけでどれにしようかと目移りする。

「うわぁ～おいしそう～！」

佐紀が目をキラキラさせながら焼き菓子を眺めている。

「佐紀ちゃん、適当にお菓子選んでくれる？」

「はぁい」

日花里はショーケースの中を覗き込み、とりあえず志穂が好きだというチョコレートケーキと、あとシュークリームやモンブランやチーズケーキなどをチョイスし、一緒に佐紀が選んだ焼き菓子の詰め合わせを購入し、いそいそと店を出た。メトロからＪＲに乗り換えてシブヤデジタルビルへの道を急ぐ。

（えっと、豊永社長が来社されるのが、十五時だったよね……。打ち合わせというよりも顔合わせだから、うちの社内の応接室でＯＫっと……）

脳内でスケジュールを確認しながら歩いていると、佐紀がスマホを見て、

「やだ、日花里さん大変ですっ！」

と、突然声をあげる。

「どうしたの？」

「豊永社長、もう来てるって、スタッフから連絡ですっ」

「ええっ⁉」

慌てて時計を見たが、時間はまだ十三時である。二時間以上早い。

もしかして自分が十三時と三時を勘違いしたかと焦ったが、社内の誰もが今日の十五時だと認識していたはずだ。

「三時だったの、いつの間にかリスケになってた？」

「や、ないはずです。てか延期ならまだしも、前倒しってそんなことあります？　会社出るときは誰もなんとも言ってなかったですよね？」

佐紀が意味がわからないと言わんばかりに首をかしげるが、来てしまったものは仕方がない。

「とりあえず早く帰ろう」

「はいっ」

日花里と佐紀は気持ち早歩きで、慌ただしく社へと戻ったのだった。

「ただいま戻りました」

社内に足を踏み入れると、フリースペースにいる社員たちが微妙に浮足立っている。日花里はすぐ近くにいた男性プログラマーに声をかける。

「お疲れ様。豊永社長がもう来てるって？」

彼は日花里と佐紀の顔を見て、少しだけホッとした表情になる。

「そうなんだよ！　いきなりこんにちは～！　って入ってきてさぁ～。社長はまだ打ち合わせから戻ってきてないだろ？　だから霧生さんがひとりで対応してる」

若干困惑した様子だが、どうやら霧生も彼女が早く来ることを聞いていなかったらしい。

「ひとりだった？」

「いや、若い男と一緒だったよ」

若い男というのは、おそらくパーティーで一緒にいた青年ノゾムのことだろう。彼は社長を『志穂ちゃん』と呼び、彼女の名刺を携帯していた。カジュアルな装いを許されていること、さらに親しげな態度から見ると、彼は志穂の広い意味での『身内』なのかもしれない。

（以前の私と海翔さん、みたいな……）

そんなことを考えていると、プログラマーが顔の前で手を合わせる。

「とりあえず茶は出したんだけど、あとは町田さんお願いするわ」

基本的にお客様にはペットボトルのお茶を出しているので問題ないはずだが、ケーキを買ってきたのでコーヒーなり紅茶なりを用意したほうがいいだろう。

「じゃあ佐紀ちゃんは、買ってきたお菓子をみんなに分けてくれる？」

「は〜い」

とりあえず霧生が対応しているなら、問題はないはずだ。日花里は給湯室へと向かい、お客様用のケーキ皿に買ってきたケーキたちをのせると、電気ケトルのスイッチを入れてから応接間に向かった。

ドアに近づくと中から談笑する声が聞こえる。雰囲気は悪くなさそうだ。

日花里はドアをノックして、霧生の「どうぞ」という声を聞いてから部屋の中に足を踏み入れる。

「失礼します」

窓を背にした奥のソファーには、志穂とノゾムがふたり並んで腰を下ろしていた。

志穂はブルー系統のチェックのミニタイトスカートにベージュのセーターをインしていて、ロングブーツに包んだ美しい足を惜しげもなくさらし、膝に頬杖をついていた。

ノゾムもそんな彼女にぴったりと寄り添っていて、容姿も雰囲気もまるで違うのに、相変わらず双子の姉弟のような雰囲気である。

（豊永さんの私服、韓国系ファッションっていうのかな。すごく似合ってるなぁ……）

アラサーの日花里は『そんなに足を出して寒くないのか』と気になるところだが、おしゃれは我慢という格言もあるくらいだ。野暮なことだとわかっているので当然口には出さない。思うだけである。

「ケーキをお持ちしました」

「町田さんありがとう」

霧生が立ち上がり、日花里の持っているトレイからケーキを取り、ローテーブルの上にのせる。

「あっ、志穂ちゃんよかったね。チョコレートケーキだよ」

ノゾムはやんわりと微笑んで、志穂の前にケーキを置く。それを見た志穂はちょっと嬉しそうにパッと明るい表情になったが、自分たちを見つめている日花里に気づくや否や、ふいっと顔をそむけてしまった。

「――いらない。今はそういう気分じゃない」

まさかケーキにダメ出しされると思わなかった日花里は思わず目をぱちくりさせたが、

「そっか……。じゃあ僕だけいただきます。せっかく用意していただいたのに申し訳ありません」

ノゾムはひどく申し訳なさそうに、志穂の前に置いた皿を日花里に差し出した。

「あっ……いえいえ。とんでもないです」

日花里は突っ返されたケーキを受け取りつつ、

「飲み物はなんにされますか？　コーヒーと紅茶ならすぐに用意できますが」

と尋ねる。

「ではホットコーヒーをふたつお願いします。ブラックで」

と、ノゾムが答える。志穂の好みも熟知しているらしい。

「はい。少々お待ちくださいね」

にこやかに微笑みつつ部屋を出るが、一瞬視線を感じて振り返ると、頬杖をついた志穂とまた目が合った。小さく会釈すると、やっぱりそのまま目をそらされる。

（あれ……まただ）

なにかしただろうかと思ったが、おそらくなにもしていない。

気分じゃないチョコレートケーキを出されたのが、そんなに気に入らなかったのだろうか。

子供じゃあるまいし、態度に出すのはどうかと思うが仕方ない。相手は天才と呼ばれるような人だ。世間一般の社会常識など関係ない場所にいるのだろう。

それほどノゾムが慌てていなかったので、あれが彼女の通常運転なのかもしれない。

そういうこともあるかと納得しつつ、慌ただしく給湯室に向かい、ドリップコーヒーを淹れる。

周囲にふんわりとコーヒーのいい香りが漂ってきて、日花里はにんまりと目を細めた。

（チョコレートケーキは私が食べようっと……！）

それからまた応接室に戻り、コーヒーをテーブルの上にのせていると、

「――お待たせしてすみません」

と、打ち合わせをしていた海翔が応接室に飛び込んできた。

おそらく連絡をもらって急いで帰ってきたのだろう。走ってきたのか、息はあがっているし、乱れた黒髪の一部が額に貼り付いている。もちろんそんなときでも海翔は間違いなくセクシーで魅力的なのだが。

「社長」

日花里はジャケットのポケットからハンカチを取り出し、海翔に差し出そうとしたのだが。

それよりも早く、瞳を輝かせてソファーから跳ねるように立ち上がった志穂が、

「藤堂さん、待ってたんですよ～！」

と、跳ねるように海翔に駆け寄り、正面から飛びついたのだった。

（はぁ⁉）

行き場を失ったハンカチを握りしめたまま、日花里は凍り付き、霧生も眼鏡の奥の目を丸くして固まっている。

ただひとりノゾムだけが特に気にしていない雰囲気で、コーヒーを飲み「おいしいです」とおっとり微笑んでいた。彼はこうなることがわかっていたのかもしれない。

「豊永さん、歓迎をありがとう」

一方いきなり抱き着かれた海翔は、一瞬だけ目をぱちくりさせたが、優雅に微笑んで彼女の肩をつかみ引き離すと、何事もなかったかのように、着ていたコートのボタンを上から順にゆっくりと

外し始める。

「はい、だって私、少しでも早く藤堂さんにお会いしたくって……！」

志穂は興奮冷めやらぬ雰囲気で海翔にそう言い募っていたのだが、

「――」

なぜか唐突に、魔法にかけられたかのように口をつぐんでしまった。

（あ……）

志穂の目線は、海翔にくぎ付けになっていた。

彼がなにか特別なことをしているわけではない。

うつむいたまま、丁寧に、上からひとつずつコートのボタンを外しているだけである。

だがそれだけで、まるで映画のワンシーンのように美しかった。その場にいた全員が彼に見とれていたのではないだろうか。

もちろん日花里も同様だ。

海翔は日花里と一緒にいるとき、あまり自分の容姿を武器に使うようなことはしないのだが、これは明らかに自分の魅せ方をわかっている仕草である。

（……もしかしてわざと時間をかけてる？）

おそらく、彼女のテンションを下げるためにそうしているのだ。

ちらりと志穂の顔を確認すると、やはり相変わらずぼうっと海翔に見とれていた。ここからまた飛びつこうとはならないだろう。

やはり海翔は頭の回転と場の空気を読むのが早いな、と感心してしまう。

そうしてゆっくりと時間をかけてコートを脱いだ彼は、日花里を肩越しに振り返った。

「日花里、悪い。これ頼めるか。あと俺の分のミネラルウォーター持ってきて」

「あっ、はっ、はいっ。わかりました」

日花里は慌ててコートを受け取り、慌ただしく応接室を出ていく。

(たぶん私、耳まで真っ赤だな……)

彼が魅了したのは志穂だけではないということだ。

海翔に渡せなかったハンカチで自分の汗をぬぐい、足早に給湯室へと向かったのだった。


その後、顔合わせは二時間ほどで終了した。

「おふたりを送ってくるから」

応接室を出た海翔が車のカギを指先でくるりと回しながら、日花里に告げる。

「わかりました」

コートを差し出すと、彼はそれを受け取りながら日花里の耳元でささやく。

「今日は遅くなるかも」

「――はい」

こくりとうなずくと、海翔が日花里の頭をよしよしと撫でて踵を返す。

妙にスキンシップが多い気がするのは、先ほどの応接室での一件を気にしているのだろうか。

ＲＯＣＫ・ＦＬＯＯＲ社の面々は、日花里と海翔が真剣に付き合う前から『あのふたりはデキてる』と勘違いしていたくらいなので、同棲を始めたときも誰ひとり驚かなかったのだが、やはりだらしない顔は見せられない。なんとも思っていませんよ、という顔で奥歯をかみしめた。

「あっ、忘れ物しちゃった！」

唐突ともいえるタイミングでガラスのドアの前で志穂が立ち止まり、くるりと踵を返し、日花里に駆け足で近づいてきた。

「一緒に応接室に来てもらえます？」

「志穂ちゃん、忘れ物なら僕が探しておくけど」

慌てた様子でノゾムが近づいてきたが、

「いいってば。すぐに追いかけるから先に行ってて」

志穂はやんわりと微笑み、それから海翔とノゾムにニッコリと微笑みかける。

「――わかった」

ノゾムはどこか腑《ふ》に落ちないようで一瞬言葉を濁《にご》したが、こくりとうなずき、それから海翔と一緒にエレベーターに乗り込んでいった。

志穂と残された日花里は、応接室に戻り、彼女が座ったソファーのあたりをぐるりと回った。さらに革張りのソファーの隙間や周囲を、ざっと見た感じなにもない。

「ところで、なにを忘れられたんですか？」

床にしゃがみ込んでソファーの下を覗き込んでいると、ブーツのヒールがかつん、と音を立てる。

「ピアスを落としたと思ったんだけど……セーターに引っかかってたみたい」

頭上からの声に顔を上げると、こちらを冷たい表情で見下ろしている志穂と目が合い、すぐに気が付いた。

ピアスはずっと彼女の耳に『ついていた』ということに。

ということは、彼女は日花里とふたりきりになるために、忘れ物をしたと嘘をついたことになる。

なぜ？

心の中で繰り返し、考える。違和感を手に取り、指で確かめながら、輪郭をはっきりさせていく。

（わざとだ……わざと、ふたりきりになる状況を作ったんだ）

そうしてたどり着いた答えに気が付いてから、彼女と初めて会ったあの日から、ずっと感じていたざらつきのようなものが、今ようやく形になった気がした。

「そうなんですね。失くしてなくてよかったです」

日花里がおそるおそる口を開くと同時に、彼女はなんだかつまらなそうにため息をつく。

彼女もまた、日花里が気が付いたことに、気づいたらしい。

「――あの藤堂海翔が、あなたみたいな平凡な女性と付き合ってるなんて、なんだかガッカリしちやった」

「え……？」

一瞬なにを言われたのかわからなかった。

ただ茫然と、ぽかんと口を開けて彼女を見つめる。志穂は体の前で腕を組み、足をクロスさせて首をかしげる。

「平凡っていうのはね、なんていうのかな……地味で、控えめで、男に尽くしそうなオンナっていうの？　将来の夢は専業主婦で、夫の稼ぎで優雅な生活送って、対外的には『縁の下の力持ち』です、みたいな顔してる人」

「……」

「取引先の好物をわざわざ買いに行ったりさぁ……まぁ、シゴデキ感もあるし、日本のオモテナシ的には正解なんだろうけど。ちょっと押しつけがましいよね。あざといっていうか」

「――」

彼女の発言でようやく気が付いた。

チョコレートケーキを出したとき、いらないと言われたのは『あざとい』と思われたからだと。

「彼には、もっとデキる女のほうがふさわしいと思わないんだ？　ずいぶん自己評価が高いのねぇ」

「っ……」

その瞬間、全身がカッと火をつけられたかのように熱くなった。

藤堂海翔にお前はふさわしくない、そうはっきりと言われて、頬にカーッと熱が集まった。

このままでいいのか。いや、よくない。

日花里の頭の中にはいろんな言葉が生まれては、消え、ぐるぐると回り始める。言い返さないと思うのに、彼女のあまりに無礼な発言に結局言葉が出ないままだった。

一方志穂は、小さな耳からぶら下がっているロングピアスを指でもてあそびながら、ため息をつく。

「あぁ、これは私の個人的意見で、SLAPとは関係ないから、気にしないで。仕事はちゃんとやるから。じゃあさようなら。もう二度と会わないと思うけど。ばいばーい」

そして彼女はくるりと踵を返し、ヒールの音を響かせながら応接室を優雅な足取りで出て行った。

ひとり残された日花里は、しばらくその場に茫然としゃがみこんでいたが、

「──は？」

しばらくして、ようやく我を取り戻した日花里は、そのまま崩れ落ちるように床に両手をつく。

「はぁぁ～～～～⁉」

息を吐くと同時に、胸の奥から何かがこみあげてくる。

怒りと羞恥の感情が、日花里の中でごちゃ混ぜになる。

（なに、あざといって……！　好きなもの出されたら嬉しいだろうなって、ただそれだけのことを、どうして、なんでっ、あんなふうに言われなきゃいけないの……⁉）

そう、別に好かれたくてやったわけじゃない。見返りを求める気持ちなんて微塵もなかった。わざわざ来てくれるんだからと、純粋な感謝の気持ちで用意しただけのケーキで、なぜここまで好き放題言われなくてはならないのだ。

「くぅ～～……っ……くやしいっ……！」

日花里はうなり声をあげた後、床に座ったままソファーに顔をうずめた。

もちろん、働いていればそれなりに嫌なことはたまに起こったりする。

あってはならないことだとは思うが、セクハラもパワハラも何度か経験している。

だが今回は意味合いが違う。日花里は悪意をもって人間性を侮辱されたのだ。

しかも相手は通りすがりの人間ではなく、ＲＯＣＫ・ＦＬＯＯＲ社の取引先なのである。言い返せない相手だというのが、なんとも悔しい。

（はぁ～～……ムカつきすぎる……！）

なんとか飲み込まないといけないと、脳内で皿を床に叩きつける妄想を繰り返す。

ちなみに脳内の日花里は妄想ですら高い食器を割れない。百均でありあわせで買ったのになぜか丈夫で長持ちし、捨てるに捨てられなくなったちょっとダサいお皿である。

（てゆーか、そもそもあの子、海翔さんに憧れてるって言いながら、海翔さんのことも馬鹿にしてるじゃない……！　自分の思ったのと違うって、勝手にあがめておいて、挙句の果てに勝手にがっかりして……！）

確かに日花里は平凡な女だ。好きな人と一緒になって、結婚して、できれば子供を産めたらいいな、なんて思っている、どこにでもいる普通の平凡な女だ。

だがそれのなにが悪い！

同じ程度の能力を持たないと結婚できないなんて、とんだ差別である。

（それに、海翔さんは確かになんでもできるように見えて、料理がダメだし……！　何度教えてもYシャツにアイロンかけられないし……！　あと、だいぶえっちだし、相手を見てわがまま言うし、甘えん坊だし……！　怒られても自分は私にかわいいって思われてるから許されるって思ってるし……！　そんな世間が思ってるような、スーパー人間じゃないんだからねっ！）

彼の能力の大半はその怪物じみたコミュニケーション能力に振り分けられていて、だからこそ霧生は海翔を人材とお金を集めるための社長に据えたのだ。

人はみんなデコボコで得意なこと、不得意なことがある。できないことはできる人間が補って、それで助けられた人間は自分の得意なことで他の誰かを支え、結果的に全員でたくさんお金を稼いで選択肢が多い人生を選ぼうぜ！　というのがＲＯＣＫ・ＦＬＯＯＲ社の理念だ。

日花里だって自分のことをごく普通のありふれた事務員だと思っているが、マルチタスクが得意だ。複数の案件を抱えていても、優先順位をつけ締切を作り、仮になにか問題が起こったとしても柔軟に対応できる、切り替えの早さがある。

これまでずっと、人は誰でも同じことができると思っていたが、働き出してすぐに海翔から『それができない人間のほうが圧倒的に多いんだぞ』と言われて、ビックリしたくらいだ。

とにかく、実質的にお金を稼いでいるわけではない日花里だって、ROCK・FLOOR社にはなくてはならない存在で、無価値のように言われる筋合いはない。

（そう、私もそれなりに頑張ってるし、褒められたっていいはずよ！　生きてて偉い！　働いて税金を納めてすごい、偉すぎる！）

そうやってしばらく自分で自分を慰めていたところで、ふと自分の体がひんやりと冷たくなっていることに気が付いた。

のろのろと顔を上げると窓の外は真っ暗だった。

なんとか足に力を込めて、床から立ち上がりフラフラと自分のデスクに戻ると、佐紀が「あれっ、日花里さんいたんですか？」と目をぱちくりさせた。

「いたよ……うん……。ごめんね、仕事しなきゃね」

アハハと乾いた笑いを浮かべて、佐紀の隣に腰を下ろし、パソコンを立ち上げる。

そう、いつまでも落ち込んでいる暇はない。悔しいが今は仕事の時間だ。

「えっと……営業から回ってきた契約書のリーガルチェック、社外弁護士の山内《やまうち》先生にお願いしてたよね。明日の朝一番で確認だね。あと産休の申請が出てたから処理しないと……」

たとえ気分はどん底でもやるべきことはいくらでもある。気を取り直したように書類を印刷したり、キーボードをかたかたと打ち始めた日花里を見て、

「なんか顔色悪いですよ〜」

佐紀は心配そうに眉根を寄せ、デスクの上に置いていた小さな箱から、キャンディをつかんで日花里に差し出した。

「この飴、はちみつ百％で喉にもいいんで。どうぞ」

「……ありがとう」

ぺそ、と涙ぐみながら受け取ると、佐紀がまた「やっぱり疲れてるんじゃないですか？」と背中を撫でてくれた。

（佐紀ちゃんの優しさが身に染みるわ……）

貰ったキャンディを口に含みながら、からころと転がす。

はちみつの甘さがじんわりと日花里の心を慰めてくれるようだった。

（はぁ……元気出さなきゃ）

正直言ってめちゃくちゃ腹は立ったが、応接室でのやりとりを海翔に伝えるつもりは毛頭ない。

そんなことを聞かされたって海翔も困るだろうし、ＲＯＣＫ・ＦＬＯＯＲ社は今後もＳＬＡＰとの関係を維持していく必要がある。

豊永志穂は友達でもなんでもないのだ。意地悪と嫌味を言われたからと、仕事に差し支えるようなことはあってはならない。

（そう、公私は分けて考えないとね……）

そうして日花里は仕事に没頭し、言いたい放題言われたことを忘れようと、心に決めたのだった。

ここに、証明が欲しい

それからは目まぐるしく日々が過ぎた。三月に入り春の気配が漂い始めたある日のこと、社内DB《データベース》を見ながら、佐紀が大きなため息をつく。

「社長、またSLAPと打ち合わせですか？　先週も二回くらい打ち合わせありましたよね……いくらなんでも多すぎません？」

佐紀は軽く唇を尖らせながら、不満を口にした。

「そうねぇ……」

隣の日花里は、キーボードを叩きながらため息交じりに苦笑する。一応平静を保っているように見せているが、かなりモヤモヤしているのである。

（でも、海翔さんは真面目に仕事してるだけだからなぁ～……）

昨晩も、帰宅したのは日付が変わってしばらくしてだった。

◇◇◇◇◇◇◇◇◇◇◇◇◇◇

かちゃりとドアが開く音がして、浅い眠りに落ちていた日花里はパジャマの上にナイトガウンをさっと羽織って、リビングダイニングのほうへと向かう。

「おかえりなさい」

「ん、ただいま」

海翔は冷蔵庫を開けて牛乳をパックのままぐびぐびと飲んでいた。

「あっ」

非難めいた表情をしたところで、海翔がパックを水ですすぎながら笑う。

「全部飲んじゃったから許して」

そして少し疲れたように目頭のあたりを指でつまんだ。

「なにか食べます？　おうどんとか茹でましょうか？」

「いや、軽く食べたから。大丈夫だ」

そして海翔はリビングのソファーにどさっと体を下ろすと、「ん」と言いながら日花里に向かって両腕を広げる。どうやらこっちにこい、ということらしい。

日花里は胸をきゅんと弾ませながらいそいそと彼のもとに歩み寄り、ソファーの上にのって海翔の膝の間に座り、そのまま体にぎゅっと抱き着いた。首筋に顔をうずめると、鼻先にアーモンドの甘い香りが漂う。

最近、海翔がよく好んで使っている香水だ。重めのチェリーにプラムが混じる、コケティッシュな大人の匂い。それが海翔自身の体臭と入り混じって、なんともエキゾチックな雰囲気になる。

（いい匂いすぎる……）

そのますますりすりと顔を寄せていると、

「お前、俺のこと嗅《か》いでる？」

と海翔が苦笑した。

「……だっていい匂いなんですもん」

どこまで本当のことかはわからないが、いい匂いがすると感じる異性は遺伝子的に相性がいいと言われている。

『好きな男だからいい匂い』に感じるのだろうと思っているが、それはそれでロマンチックだと思う。

「……俺にも嗅がせて」

海翔もまた、日花里を優しく抱きしめて肩口に顔をうずめた。

「石鹸の匂いがする」

彼の声が優しい。海翔の素の一面を垣間見た気がして、胸が締め付けられる。

「海翔さん、疲れてます？」

心配して問いかけると、

「打ち合わせ自体は普通に面白いし、楽しんでる。ただ、その後にあちこち連れまわされるのがちょっとなぁ～……」

海翔は仕方ないと言わんばかりに肩をすくめ、日花里の背中を手のひらで撫でる。

「接待なら二回に一回は断れるんだけどさ。作曲家を紹介するとか、アニメの監督との打ち合わせとか……確かにまぁ俺もいたほうがいいんだろうなって思うし。霧生は『コミュニケーションはお前担当』って断固拒否だから仕方ない。はぁ……」

そして海翔は日花里の首筋に唇を押し当てて、ちゅっと音を立てて吸い付いた。

「くすぐったいです……」

「ごめん。でもくっついたらちゅーしたいだろ」

「ちゅーって」

日花里がくすくすと笑うと、海翔はふっと顔を上げ、至近距離で眼鏡の奥の瞳を覗き込んできた。

「契約があるから詳しくは話せないが、SLAPとの仕事は数年続くと思う」

やはりSLAPはアプリゲーム業界に参入するということなのだろう。

「――はい」

一瞬、ほんの少しだけれど『やだな』という気持ちが胸をよぎった。

だが顔には出なかったはずだ。

「――とはいえ、結果を出すからと、俺はお前を数年も待たせるつもりはない。本末転倒だろ？

というか、そもそも俺が待てないし」

海翔がはぁと深いため息をつき、そしてぎゅっと唇を引き結ぶ。

「好きだよ、日花里。愛してる。俺の人生にはお前が必要なんだ。早く結婚できるように仕事頑張るからな」

海翔はまっすぐにそう口にすると、頬を傾け口づける。

きちんと恋人同士になってから、海翔はストレートな好意の言葉を惜しまなくなった。思いが通じ合ってからずっと、海翔に不安にさせられたことは一度もない。

この八年間、ずっと不毛な片思いをしていると思い込んでいた日花里からすると、彼から与えられる言葉だけですべてが報われるような、夢の世界にいるのではないかと思うくらい、幸せな気持ちになる。

(海翔さん、私のために頑張ってくれて嬉しい……。でも、やっぱり寂しいな……もう少し一緒にいられたらいいのに)

仕事を頑張って、頑張って。それはすべて日花里のためだ。

だから寂しさを口にしてはいけないのだと必死に自分を抑え込む。

「日花里……」

いや、そもそも海翔はすぐに日花里の唇をふさいでしまうので口を開く暇がない。唇の表面が触れるだけのキスは優しかったが、当然それだけで終わるはずもなく、一瞬離れた唇は、すぐにまた押し付けられて、当然のように舌が滑り込んできた。

「んぅ……」

海翔の鼻筋に押されて、眼鏡がずりあがる。

日花里のかすかなうめき声でそれに気づいたのだろう。海翔は顔を引いて両手で日花里の眼鏡を外すと、うやうやしい様子でローテーブルの上に置いた。

以前日花里の眼鏡をソファーに置いてしまって、そのまま盛り上がった結果、眼鏡を踏んでだめにしてしまったことがあった。それから海翔は日花里の眼鏡を大事にしてくれるようになったのだが、この動作から自然と、そういう雰囲気になっていることに気が付いて、頬がカーッと熱くなる。

(これはもしかして、えっちな流れ……?)

心臓がバクバクと鼓動を打ち始める。

「あ、あの……海翔さん……ベッドに行きます?」

やんわりと尋ねると、

「や、シャワー浴びる前に、お前のことちょっとかわいがりたいだけだから」

海翔はゆっくりとツイードのジャケットを脱ぎソファーの背にかけると、軽く目を細めて日花里の唇にちゅっと音を立てキスをした。

「かわいがるって……」

「文字通りだけど?」

海翔はクスッと笑って、日花里の頭を撫で、指に髪を巻き付ける。

そうやってしばらくの間、何度も丁寧に口づけられているうちに、ゆるゆると体から力が抜けていく。

「は……」

思わず吐息を漏らすと、

「お前の体、すぐあったかくなるよな。わかりやすい」

と、海翔は顔を寄せ、甘さたっぷりの声色でからかうようにささやいた。

「もう……」

なんだか子供扱いされているような気がして、頬が熱を帯びる。気恥ずかしいのを誤魔化すように、軽くこぶしを握って彼の胸をとん、と叩くと、手首をつかまれて指の上にキスをされた。

そしてそのまま彼の唇が、日花里の指を口の中に含む。

「あっ……」

いきなり彼の口の中に入れられて、体がビクッと震えた。だが海翔は止めることもなくゆっくりと日花里の指を飲み込み、舌で丹念に包み込み、吸い上げる。

「……っ」

指先には神経が集中しているというが、普段はそれほど気にしない。だが海翔の舌はそんな日花里の心をそのままくすぐるように、指の腹を這い、舌先でくすぐっていく。

最初はなんだかぞわぞわするな、くらいの感覚だったのだが、長いまつ毛を伏せた海翔にちゅうちゅうと音を立てて吸われ、それはものすごく、非常に、えっちな雰囲気で、いけない気がしてきたのだった。

「か、海翔さんっ……あ、あの……それは、あの……もうっ……」

ここで強引に指を引き抜くと、彼の柔らかい口内を傷つけるような気がした。

あわあわしながら訴えると、一方の海翔は余裕たっぷりの表情で、上目遣いになりながら、そうっと唇を外す。唾液がつうっと銀の糸のようにつながって、ぷつんと切れた。

「気持ちよかった?」

海翔が舌舐めずりしながら、色っぽく目を細めて尋ねる。

「や……えっと、その……気持ちいい感じはしたんですけど、なんだかいけないことをしているような、そういう気がして……」

それは羞恥心と快感が入り混じったような不思議な感覚で、よくわからなかった。

「そっか。いつもは俺がお前の中に入ってるだろ。こうしたら逆に入れてる雰囲気が伝わるかと思って」

「えっ……あっ……そういう……」

ようやく海翔の意図していることがわかって、日花里の顔は真っ赤に染まる。全身の毛穴という毛穴から湯気が出そうだ。

「やっぱり、入れられるほうが好きか」

海翔に低い声で尋ねられて、腹の奥がきゅうっと締め付けられる。

「どうなんだ、日花里？」

海翔が優しく日花里の膝を撫でる。彼の大きな手がパジャマの上から腹を撫で、指が軽く押し込まれる。

「ここになにを入れてほしい？」

「〜〜〜ッ……」

その瞬間、日花里の体は火をつけられたかのように熱くなった。

「や、やだ……もう、そんな意地悪言わないでください……」

そんなこと、言えるはずがない。うつむいてそう答えるのが精いっぱいだ。

だが海翔は軽く首をかしげ、

「意地悪なんかしてないだろ。俺はいつだってお前を愛してるし、たっぷりかわいがりたいし、なんでも言うこと聞いてやりたいって思ってるんだ」

そして手のひらをパジャマのウエストのゴムの中に入れると、するりと滑らせながら日花里の下着の表面をなぞり始める。

「あっ……」

さわさわと、かすかに触れる感触に全身がぶるぶると震え始める。もっと奥に、強く触れてほしいのに、ただ表面をなぞるような快感が全身を包む。海翔は軽く爪を立てて、日花里の下着の上をなぞり、くすぐるように動かし始めた。

「んっ……」

焦らされて声が漏れる。思わずびくりと体を震わせると、海翔は唇の端を優雅に持ち上げて、さらに蜜口のあたりに指を立てて押し当てた。

「あっ……」

その瞬間、指を入れられたような気がして、日花里の腰が跳ねる。

「いい顔」

海翔はそう言って指を下着の中に滑らせると、直接花芽をこすり始めた。日花里の体は海翔にすっかり慣らされているので、触れられるだけでしとどに濡れそぼっていくのが、自分でもわかる。

「ああっ……ん、あっ……ンッ……」

彼の指が花びらを撫で、芽をこすり、蜜口からあふれる蜜をすくいながら、また芽に塗り込んでいく。

「どんどんあふれてくるな。ほんと感じやすくてかわいいよ」

海翔は日花里の頬や額にちゅっ、ちゅっとかわいいキスを繰り返しながら、指を蜜壺へと挿入させる。

「〜〜〜ッ……！」

入口の少し上のあたりを押されて、日花里の腰が持ち上がる。海翔が指を増やし、動かすたびにぐじゅぐじゅと淫らな水音が大きくなり、日花里の体に力がこもった。

「あ、ああ、かい、とさんっ、あっ……」

いれて。いれて。早く、入れてほしい。

日花里の体が燃えるように熱くなる。

きっとこの熱は海翔にも伝わっているはずだ。

日花里は来るべき快感に備えて、海翔を潤んだ目で見上げたのだが——。

「——」

だが——海翔は快楽の階段を性急に駆け上がった日花里を見て、すうっと目を細めると、そのまま何事もなかったかのようにするりと指を抜いてしまったのである。

「っ、あぁ……っ」

いまかいまかと待っていた日花里の体が、宙に放り出される。

あと少しでイケたのに、なぜやめてしまったのだろう。

はぁはぁと息を弾ませながら海翔の顔を見上げると、

「俺、シャワー浴びてくるわ」

と言われて、日花里は茫然としてしまった。

「え……」

「ベッドで待ってて」

海翔は甘い声でささやきながらソファーから立ち上がると、何事もなかったかのようにそのままスタスタとバスルームへと向かう。

「や、やだ信じらんない……」

日花里は顔を真っ赤にしたまま頬を膨らませると、そのまま寝室へと向かい、ベッドに横たわった。

(こんな状態で放り出すなんて、ちょっと無責任なのでは……⁉)

枕に顔をうずめつつ、日花里は唇を尖らせる。

「ふんっ……もう知らないんだからっ……」

くの字になりながらぎゅっと目を閉じる。

(海翔さんのばーか！　先に寝てやるもんね……！)

＊＊＊

「やっぱ……そのまま入れるところだったわ……」

海翔は深いため息をつきつつ、シャワーコックをひねって頭から熱いお湯を浴びる。ちらりと目線を下げると、がちがちに勃起した自身の屹立が目に入った。

愛する女がよがっている姿を見たのにお預けを食らったそれは、いまだに萎えることなくバキバキに勃ち上がっている。

「……抜いとくか」

海翔はゆるくため息をつくと、左手を壁につき、右手でなんの感情もなく肉杭を包み、上下にこすり始める。

（たぶんだけど、妊娠しやすい時期のはずなんだよなぁ……中出しはまずいよなぁ……）

脳内で日花里の生理カレンダーをチェックしつつ、唇を引き結ぶ。

長い両片思いを終えた夏から、海翔はあまり避妊を意識しなくなった。すぐに結婚するつもりだったし、そもそも海翔も日花里も子供は大好きだ。夫婦ふたりきりの生活を楽しみたいという気持ちは大きかったが、子供を授かったら、それは奇跡のようにすばらしいことだと思っていたので、構わないと思っていた。

だが――去年末に、日花里のご両親にやんわりと結婚はまだ早いと言われてから、まずいかもしれないと考えるようになった。

（この状況で子供ができたんで結婚しますって言うのは……ご両親の信用を失いかねない気がする）

もちろん祝福してくれるだろうし、結婚も許してもらえるだろうが、最初からそれを狙ったのだと思われたくはなかった。

日花里は彼らにとって大事なひとり娘だ。とにかくがっかりさせたくないし、安心してほしいのである。

「子供は欲しいけど、妊娠させるわけには……あ、くッ……」

ぞぞぞと背筋が震え、そのまま先端から白濁が飛び出す。

日花里の中で出すときはびゅるびゅると音が出そうなくらいの勢いなのだが、ただの生理現象の解消となると、なんの感慨もない。溜まっていたものが出てちょっとだけ腰のあたりが軽くなってすっきりした、くらいのモノである。

「はぁ……」

体を起こし、さらにシャワーコックをひねってシャワーの勢いを強くする。そうして気持ちをさっぱりさせてからベッドルームへと戻ることにした。

寝室は薄暗く、足元のフットライトだけが床をオレンジ色に照らしている。

「日花里、寝た……？」

ベッドに乗りあがりながら顔を覗き込むと、案の定狸《たぬき》寝入りをしていた。ドアのほうに背中を向けて、くの字になって眠っているが、日花里は嘘が死ぬほどへたくそなので、寝ていないことは一目瞭然《いちもくりょうぜん》だ。

（あからさまに拗ねてるけど……さっき、途中で放り出したもんなぁ……）

海翔は内心フフッと笑って、

「そっか……日花里、寝ちゃったのか……仕方ないな」

と残念そうにつぶやきながら、素肌の上に羽織っていたバスローブを脱ぎ捨てると、ベッドサイドの引き出しから避妊具をひとつ手に取り、毛布を持ち上げた。

背中を向けているが、海翔がゴムを手にしたのは察したのだろう。

日花里の眉のあたりがぴくりと動いたが、それには当然気づかないふりをする。

(寝てるのに手を出されるかもしれないって、ドキドキしてるんだろうなぁ……)

海翔はにんまりと笑って、そして背を向けた日花里の背後に体を横たえると、日花里のパジャマのズボンを膝までずり下ろし、唐突ともいえるタイミングで太ももの間に男根を押し込んだ。

「ッ……」

日花里はビクッと肩を震わせたが、相変わらず目を覚ますつもりはないようである。

そっちがその気なら、こっちもこのまま通してやろう。

少々意地悪な気持ちになりながら、海翔は日花里の耳元でささやいた。

「……こうやって包まれてるだけで、めちゃくちゃ気持ちいいな……」

実際、日花里の太ももはむっちりしていて、海翔のソレを柔らかく包み込んでくれる。下着をつけているので強引に抜き差しはできないが、腰を押し付けて揺らすだけでもじわじわと淡い快感が全身に広がり、背筋がぞくぞくと震えてくる。

「日花里……」

名前を耳元でささやきながら、彼女のパジャマの裾から手を差し入れたっぷりとした胸を両手で支える。彼女と寝るようになってから死ぬほど揉んだ胸だが、ナイトブラ越しでもその重量感と柔らかさにたちまち海翔の屹立は存在を主張し始める。

大きくなり硬くなるソレに日花里も当然気づいたはずだが、狸寝入りを今更なかったことにできないのか、かすかに身もだえしながらも、必死に寝たふりをし続けていた。

（もしかして最後まで、起きないつもりか……？）

もちろん、狸寝入りに気づいているなんて顔はしない。

常々、愛する日花里を頭からぺろりと食べてしまいたいと思っている海翔は、これ幸いと、そのまま先へと進むことにしたのだった。

「日花里……っ」

日花里の胸の先端を指ではじきながら、腰を突き上げる。布越しではあるが海翔の肉杭は、日花里の蜜口をこじ開けようとする。

「日花里……好きだよ」

名前を呼び、日花里の耳をはむと、彼女の体が陸に打ち上げられた魚のように跳ねる。

海翔が腰を揺らすたび、布越しにいやらしい水音が響き、彼女の秘部が滴るほど濡れていくのがわかる。そして海翔のモノもまた先端から先走りをとろとろと零していた。

「……毛布汚すから、ゴム付けるな？」

海翔はことさら甘い声でささやき、枕元に置いていた避妊具を手早く装着すると、日花里のパジャマのズボンを完全に脱がせ、ショーツのクロッチ部分を指でかき分け、男根を下着の中にねじ込んだ。今まで下着越しだった柔らかな花弁を肉杭でかき分けたその瞬間、日花里が唇を引き結んだことに気が付いたが、もちろん気づかないふりを続ける。

「ひだひだ、きもちいい……」

海翔は少しかすれた声でささやきながら、腰をゆっくりと前後させた。

「入れたいなぁ……でも、さすがに入れたら目が覚めるよなぁ……はぁ……」

目が覚めていることは百も承知で、そんな戯れを口にする。

海翔の硬くそそり立った屹立は、後ろからでも着実に日花里の敏感な花芽をこすり上げた。

興奮と快感からか、そこはすっかり大きく膨れ上がっていて、当然、海翔の肉杭にもあたるので、か細い快感がじれったくてたまらない。

「あ……ひか、り……」

海翔が日花里の首筋に口づけると、シーツに頬をうずめた日花里が背中を震わせる。あまりにも濡れすぎているものだから、海翔が肉杭の先端を日花里の蜜口にひっかけても、つるりと滑ってしまう。入りそうで入らないの繰り返しだが、海翔の動きに合わせて、日花里の腰がじわじわと持ち上がっていることに海翔は気が付いていた。

そもそも中途半端なところで放り出したのだ。さぞかし日花里の体は欲望にくすぶっていることだろう。

（めちゃくちゃ興奮するな……）
生真面目な性格といやらしい体を持った日花里が、欲望と理性の間で振り子のように揺れている
ことを想像するだけで、海翔はごはんがいくらでも食べられるくらい興奮するのである。
我ながらいい性格をしていると思うが、好きな女が身もだえする姿を見たくない男などいないの
で、これは正常な思考のはずだ。
（風呂で抜いといてよかったな）
そうでなければもう、ベッドに入るや否や彼女の柔らかな媚肉に、己の肉棒を突き立てていたに
違いない。
そうやってしばらくゆったりと腰を揺らして焦らすことを楽しんでいた海翔だが、しばらくして
腕の中の日花里が小さく震えていることに気が付いた。
「――やっ……もうっ……」
「ん？」
なにか声が聞こえた気がして、顔を近づけると、彼女はゆっくりとまつ毛を持ち上げ、そのまま
シーツに顔をうずめる。
「海翔さんの、ばかっ……いじわる、へんたいっ……だいっきらいっ……」
耳まで真っ赤に染めた日花里は、海翔をなじりながら、ぷるぷるしていた。
その瞬間、腰のあたりにズガ――ンと雷が落ちた気がして、腕の中の日花里が愛おしくてたまら

なくなり、わ――っと叫びたい気分になった。

日花里の大嫌いという言葉に、昔ならショックを受けたかもしれないが、今は違う。

日花里はもう本能でわかっているのだ。

海翔が自分を嫌うことなんて、絶対にないと。

だから嫌いだなんて言って、海翔に甘えているのである。

(かわいい。なんなんだ、こいつ……いやほんとかわいすぎ……俺のこと好きすぎるだろ……!)

海翔はぎゅっと目を閉じて精神統一をはかり、激情を飲み込んだ後、上半身を起こし日花里をシーツの上にうつぶせに転がした。日花里の下着の中から引き抜かれた屹立は、今やもう海翔の鍛えられた腹にくっつきそうな勢いで、勃ちあがっている。

「海翔さん……?」

海翔の機嫌を損ねたのかと思ったのかもしれない。

ほんのちょっぴり不安そうに名前を呼ばれて、またグッとくる。

(まぁもちろん、俺が日花里を嫌うなんて、絶対にないけどな)

海翔はちょっぴり意地悪な気持ちになりながら、日花里のお尻を優しく撫でる。

「ごめんな、意地悪で。でも俺は日花里のことが大好きだよ」

「っ……」

その瞬間、日花里がほんの少し、びくっと体を震わせて「もぉっ……」と枕を抱え込んだ。

どうやら素で照れているらしい。かわいすぎる。

海翔はふふっと笑いながら、日花里のすでに役目をはたしていないショーツを脱がせると、自身の屹立を右手で緩くこすり上げながら、一気に日花里の蜜壺に突き立てる。

「〜〜〜〜ッ！」

いきなり最奥まで挿入された日花里は、声にならない悲鳴をあげる。

彼女のつま先がシーツを蹴り、震えるように舞った。

一方海翔も、もう我慢はしない。

シーツの上に寝そべった日花里に体全体でのしかかり、技巧もへったくれもない抽送を繰り返す。

ばちゅばちゅと響く水音、肌がぶつかる破裂音。終わりのない淫らな音色が寝室にいやらしく響く。

「あ、アンッ、あぁ、アッ、あッ……！」

突かれるたびに日花里は悲鳴をあげ、強すぎる快感に身をよじろうとするのだが、背後から海翔がしっかりと押さえ込んでいるので、逃げることができないようだ。

「や、はぁっ……うっ、あああっ、あっ、あ〜ッ、や、つよすぎる、からぁ〜ッ……」

日花里は甘い悲鳴をあげながら、唯一自由になる首を左右に振るが、海翔は許さなかった。

柔らかい媚肉に己の凶暴な男根を突き立て、最奥目指して叩き込みながら、日花里の弱い部分を先端でわざと強めにえぐる。

その瞬間、日花里が背中を強張《こわば》らせると同時に、中がぎゅっと締まる。短い悲鳴とともに日花里の全身がわななき、海翔のモノもまた強く握りこまれて、吐精感が駆け上ってくる。

「くッ……」

海翔ももう限界だった。

無我夢中で日花里の腰を持ち上げると、そのままがむしゃらに最奥目指して押し込んでいた。日花里が声にならない悲鳴をあげるのと、海翔が最奥で精を放ったのはほぼ同時だった。

「あああっ……アッ……ああ～……」

日花里は感じやすい体をしているが、イキすぎるとまさに絶命したかのような悲鳴をあげるので、ドキッとする。

「日花里ッ……」

避妊具越しだとわかっているが、男としての本能が愛する女を孕《はら》ませたがっているのだろう。腰を回し、最後の一滴まで中に注ぎ込もうと体が勝手に動いてしまう。

ぐりぐりと最奥を突かれている日花里は、ひくひくと全身を震わせながら海翔の激情を受け止め、そのままくったりと意識を失ってしまった。

眩暈《めまい》がするほどの快感の中、性器がずるりと引き抜かれる。

「はぁっ……はぁ、ハッ……はぁ……」

海翔もまたバクバクと跳ね回る動悸を呼吸で整えながら、そのままゆっくりとベッドの上に倒れこんでいた。日花里を押しつぶさないよう隣に転がり、無意識のまま彼女を腕の中に抱き寄せていた。

「日花里……」

名前を呼びながら、うっすらと汗でにじんだ額に口づけると、今だ忘我の極みにいる日花里が無意識で海翔の体に抱き着いてくる。

唇を重ねるや否や、日花里のほうから夢中で押し付けてきた。

激しい快楽以上に、じんわりと温かい気持ちが胸の中に広がっていく。

物心ついたときからモテまくりで来る者拒まずだった過去もあり、それなりの経験がある海翔だが、他人をこんなに愛したのは生まれて初めてだ。そして日花里を失えば二度と得られない感情だと自分でもわかっていた。

「指輪……買いに行くか」

海翔は日花里の左手を手に取り、薬指を撫でる。

「――え?」

しばらくして、ようやく現世に戻ってきた日花里が、唐突な『指輪』に目をぱちくりさせた。

「とりあえず婚約指輪を贈りたいんだ」

ほっそりとした日花里の指は、いったい何号だろうと考えながら言葉を続ける。

「これがいいって、憧れてるブランドとかある? ハリー・ウィンストンとか、カルティエとかヴアンクリとか」

「えっと……あの……」

しどろもどろになっている日花里がなにを考えているか、海翔には手に取るようにわかる。

(ブランドに一切興味ないから、わからないんだろうな……。そもそも物欲が薄いしな)

そういう海翔もほぼ物欲がないたちなので、わからなくもないのだが。

ちなみにROCK・FLOOR社における海翔の役員報酬は、外資系の超エリートサラリーマン程度だ。年々業績が上がっていくにつれて社員の給与は増やしてきたが、役員報酬は周囲のIT社長に比べればかなり控えめなほうである。

そもそも、マネーリテラシーの高い父親の勧めで、子供の頃から投資を始めていた海翔は、十年ほど前から残りの人生を一生働かなくても食べていける程度の資産は築いていて、金銭に頓着がない。タワマンに住むのもただの経費対策ではあるが、高い時計にも車にも絵画にも興味が薄いので、税理士から『もっと経費を使ってくださいよ』とお願いされているレベルである。

(車も嫌いじゃないけど、そんな何台もいらねぇし。時計もTPOに合わせてふたつみっつあればいいし。女の子のいる店の接待もダルいし、何十万もするワインとか美食にも興味ないし……町中華のほうが好きだし……)

学生時代からの親友である霧生もそのタイプなので、目先の欲に振り回されず長くふたりでやっていけているのかもしれない。とはいえ海翔は、惚れた女を着飾ることを惜しむような男ではない。

なにより日花里の喜ぶ顔が見たいし、彼女にふさわしいものを贈りたいという気持ちは普通にある。だが当の日花里からは、あれが欲しいとかこれを買ってだなんて聞いたことがない。彼女も海翔と同じで、ファッションはＴＰＯに合っていて、清潔であればいいとしか思っていないのである。

「海翔さん私、ブランドとか全然知らなくて……」

日花里は困ったようにそう言って、眉をしょぼんと下げる。

「じゃあ、休みにデートがてら見に行こうか」

その瞬間、日花里はパッと笑顔になった。

「――はい……うれしい、です……」

日花里は照れたようにうなずいた後、気持ちが落ち着いたのかそのままうとうとし始める。

海翔は苦笑して、起こさないように気を付けながら日花里の肩を包み込むように毛布を掛ける。

そして改めて日花里の手を取り、

「ここに、俺のモノだっていう証明が欲しい。そのくらいはご両親も許してくれるよな?」

と、姫君にするように、薬指に口づけたのだった。

正直、そのうちこういう事態になると予想はしていた。

お昼休み。日花里はコンビニで購入した週刊誌を手に、ぷるぷると震えた。ちなみに見出しには『恋多きIT社長、美女ふたりを侍《はべ》らせる夜』とでかでかと書かれている。なかなかにセンセーショナルな記事だ。

「くッ……」

見開きのカラーページには、どこぞのレストランでワイングラスを傾けている海翔と、その隣に豊永志穂が楽しそうに笑い、海翔に顔を近づけている写真が掲載されていた。

さらにページをめくると、もう一枚、タクシーに志穂を乗り込ませる海翔の美しい立ち姿の写真が載っている。

(それにしても、撮られていることに気づいていないのに、こんなにきれいなのすごいなぁ……さすが天然美人だ)

変なところで感心しつつ唇を引き結んでいると、

「えええ〜〜……？　なんですか、それっ」

コンビニのおにぎりをモグモグしている佐紀が、ひょっこりと雑誌を覗き込んできて、ドン引きしたように顔をひきつらせた。

「日花里さん、ちょっと貸してくださいっ」

佐紀がふんふんと鼻息を荒くしつつ、雑誌を手に取り朗読を始める。

「なになに……？　まだまだ肌寒い春の夜、彼がたどり着いたのは都内の某有名フレンチレストランだ。入口に立つ女性はインフルエンサーとしても名高い株式会社ＳＬＡＰの女性ＣＥＯの豊永志穂である。彼女はタクシーから降りた藤堂氏に気づくと、パッと顔を輝かせて彼に駆け寄った。まさに恋をする乙女の表情だ……」

佐紀の朗読に、思わず日花里は隣で乾いた笑いを起こす。

「ふふっ……」

佐紀は一瞬、気まずそうになったが、さらに記事を読み上げる。

「ふたりの出会いは今年最初のＳＬＡＰの新年会のパーティーで、豊永氏は、常々ＩＴ界の雄である藤堂氏を尊敬する人物として挙げており、仕事の相談を重ねるうちに親しくなったという」

「物は言いようね……」

「だがこのレストランには、もうひとり藤堂氏と親しい女性が存在していた。彼女は以前にも熱い夜を過ごしたことで噂になった、Ｚ世代に抜群の人気と知名度があるモデルのＲＩＲＩだ。果たしてどちらが藤堂氏の本命なのか――！　ＩＴ界随一のモテ男にあやかりたいものである……って、なんですかこれぇ〜！　社長久しぶりにお仕置きが必要ですかねっ！」

雑誌をテーブルに放り投げるや否や、シュッシュッと謎のシャドウボクシングを繰り広げる佐紀だが、

「いやいや、社長にお仕置きはやめてくれよ」

ひょっこり姿を現した霧生が、呆れたように肩をすくめた。

「あっ、霧生さん」

「これ、普通に仕事だからな。ＲＩＲＩもいるんだろ？」

霧生は眼鏡を指で押し上げながら、ページを指さし、やれやれと肩をすくめる。

ＲＩＲＩは、去年の夏に海翔と噂になったことがある霧生の年の離れた従妹《いとこ》だ。海翔も幼い頃から彼女のことを知っているので、気分はもはや親戚だと言っていた。

「えっ、これって仕事なんですか？」

佐紀が目をぱちくりさせながら首をかしげる。

「そう。凛々子《りりこ》が一年間、ＳＬＡＰのアンバサダーを務める関係で、三人でフレンチ食いながらインタビュー受けるとかなんとか……。なんちゃら画報、みたいなおハイソな雑誌の特集だったと思うぞ」

そして霧生はデニムのポケットからスマホを取り出し、

「ほら。これが証拠」

とチャットアプリのトーク画面を開き、ふたりの前に差し出した。

どうやらＲＩＲＩと霧生のやりとりのようである。

そこには椅子に座って長い足をけだるそうに組むなんだか偉そうな海翔と、椅子にもたれるように立つＲＩＲＩと志穂の写真が送られていた。

凛々子『海翔さん、めちゃくちゃかっこつけた写真撮ってもらってる〜』
辰巳『ラーメンくいてぇなとか考えてそうだな』
凛々子『あたり！　フレンチのコース食べた後にこっそり「情報食ってるみたい」ってわけわからないこと言ってたよ』
『でもお話は楽しかった！』
『雑誌が発売されたら送るね！』

なるほど確かに、ＲＩＲＩとの会話からして仕事なのは間違いないようだ。雑誌にすっぱ抜かれている服装とも一致する。

「三人で食事に行ったわけでもないんだ」

佐紀が怪訝そうな顔をすると、霧生が小さくうなずく。

「まぁたぶんだけど……これはＳＬＡＰの社長さんがリークしたんじゃないか？　いわゆる仕込み記事ってやつ」

「ええっ⁉　タレントでもないのにそんなことするんですか？」

佐紀の驚きももっともだった。

今までグラビアアイドルやモデル、新進気鋭の女優など、海翔との噂を足掛かりにしようとした女性はいたが、取引先の社長がそんなことをするなんて、考えすらしなかった。

「もともとあちらの社長は、有名インフルエンサーだからな。しょっちゅう写真週刊誌には撮られてるらしい。まぁ、だからそれも撮らせてるんじゃないかっていう想像だ」

霧生の発言に、佐紀は「意味わかんない……」と小さくつぶやいた後、雑誌を食い入るように見つめた。

「でも、そう言われてみると、ＲＩＲＩさんよりも豊永さんのほうがメインに撮られてる感じあるし、なにより写真写りがいいですよね。えっ……マッチポンプじゃんっ！」

やだぁ～と悲鳴をあげつつも、日花里が渋い表情をしているのに気づき、

「これって、抗議できないんですか？」

とフォローを入れてくれた。同僚の優しさが身に染みるが、日花里は笑って首を振る。

「持ち込み記事だって証拠があるわけじゃないしね……あんまりいい気はしないけど、仕方ないかな」

本当は仕方ないなんて微塵も思っていない。海翔のせいでないとわかっていても、むかむかする。

そう、日花里が苦々しく思ったのは、週刊誌に撮られたとは全然別の部分なのだ。そして今、霧生から【あちらの仕込み】と聞いて、一気に不快度数が増している。

(志穂さん、やってくれるじゃない……)

だが佐紀は、そんな日花里の微笑を見て、にやーっと笑いながら、

「日花里さん、落ち着いてますね。本妻の余裕ってやつですか?」

とからかってきた。

「えっ、いやいやそんなんじゃないよっ!」

日花里はハッと我に返り、慌ててそれを否定する。

「その……海翔さんとはちゃんとコミュニケーションを取ってるし、すごく大事にしてもらってるから……。ただ、それだけよ」

そう、今の日花里は海翔の気持ちを疑うなんて感覚は微塵もない。

長い片思いを経てようやく結ばれた海翔との関係は、揺らがない自信があった。

「もう社長が悪さをしないって?」

佐紀の問いかけに、

「そうね……。今だから、そう信じられるのかも」

とうなずいた。

昨年の夏、八年に及ぶ長い片思いが成就して幸せでいっぱいではあるのだが、もっと早く海翔に思いを伝えていればと思ったことは何度もある。だが仮にどの時代で付き合えたとしても、最終的にはうまくいかないまま破局しただろう。

たとえば学生時代。

彼はまとまった休みが取れるたびに日本を離れ、世界中を旅してまわるのが趣味だった。後輩でしかなかったときは、海翔の土産話を楽しみにしていたが、もし自分が恋人として付き合っていたら、なぜ恋人の自分を優先してくれないのかと不満を募らせたかもしれない。

たとえば海翔が就職したとき。

彼が商社に入社したときは、海外志向が強かった。本人もその頃は早々に日本を出るつもりだったはずだ。当時学生だった日花里は、きっといつか自分は捨てられるのだと不安で押しつぶされていただろうし、海翔は海翔で、行かないでほしいと思う日花里を重荷に思ったかもしれない。

そして日花里が社会人になったとき。

ROCK・FLOOR社に入社してからすぐに恋人になっていたとしたら、己の自己評価の低さも相まって、海翔の華やかな交友関係や学生時代以上にモテまくっている様子を見て、信じきることはできなかっただろう。自分なんか釣り合わないと、もともとの卑屈に拍車をかけて、逃げ出していたかもしれない。

（そう……今だから、八年間海翔さんを見続けてきて、たくさん泣いて、苦しんで……それでも海

翔さんを諦められなかった今だから、私は海翔さんを信じていられるんだと思う）

そして空白の薬指を、指の先でそうっと撫でる。

ちなみに婚約指輪だが、いわゆる世界五大ジュエラーと呼ばれる老舗の宝石店で用意してもらうことになった。

指輪を買いに行こうと言われてから約二週間後、朝一番に海翔に連れ出された日花里は、夢の国のお城なのかと目を疑うような部屋に通されたのである。

なんだなんだときょろきょろしていると、これまた人形のように美しい店員が、日花里の前に宝箱のような大きな箱をずらりと並べ『どうぞご自由にご覧ください』と優雅に微笑んで、仰天したのは言うまでもない。

目の前にずらりと並べられた大きな粒が輝くダイヤモンドのリングは、目が眩《くら》みそうなほど美しかった。

かちんこちんに緊張した日花里の隣で、海翔が真剣な顔で、

「こっちのほうがダイヤが大きくてきれいだろ」とか「お前の指はほっそりしてるからこっちのデザインが似合うんじゃないか」とか、かいがいしく世話をしてくれたのだ。

そして最終的に、海翔の要望（サイズのお直しがやりやすいデザインであること、死ぬまでつけられること、飽きないこと、日花里らしいかわいくて上品なものを、等々）を含めた結婚指輪も一緒に注文することになり、オーダーでの注文が通ってしまった。

ちなみに金額はまったくわからない。というか教えてくれなかった。支払いも海翔が黒いカードを差し出し、さらりとサインをして終わってしまったのである。

こっそり帰りの車の中で、

『あれはおいくらなんですか？』

と遠慮がちに尋ねたのだが、

『さぁ？』

と首をひねられて、気が遠くなったのは言うまでもない。

きっと日花里が知ったら、全力で止めにかかるような値段なのだろう。

もちろん、日花里は海翔が指輪だと言って渡してくれるなら、針金をねじったものでも宝物になってしまうので、値段云々で彼への態度が変わるわけではないが、改めて指輪を用意する段階になり『本当に結婚するんだ⁉』と、夢を見ているような気持ちになった。

（本当は指輪よりも、一緒に過ごせる時間が欲しいんだけど……そんなの私のわがままよね）

──まぁ、とにかく。そんなこんなで海翔の愛情を微塵も疑っていない日花里が、なんに腹を立てているかというと、それは志穂の振る舞いだ。

脳内に、彼女が打ち合わせに来た際に言い放った暴言が鮮やかに蘇《よみがえ》る。

『あの藤堂海翔が、あなたみたいな平凡な女性と付き合ってるなんて、なんだかガッカリしちゃった』

『地味で、控えめで、男に尽くしそうなオンナっていうの？　将来の夢は専業主婦で、夫の稼ぎで優雅な生活送って、対外的には「縁の下の力持ち」です、みたいな顔してる人』

『取引先の好物をわざわざ買いに行ったりさぁ……まぁ、シゴデキ感もあるし、日本のオモテナシ的には正解なんだろうけど。ちょっと押しつけがましいよね。あざといっていうか』

『彼には、もっとデキる女のほうがふさわしいと思わないんだ？　ずいぶん自己評価が高いのねぇ』

海翔と一緒にいることによって、心無い女性にあてこすられたことはそれこそ数えきれないほどあるが、ここまで面と向かって侮辱されたのは生まれて初めてだった。

日花里は女性としての自己評価はあまり高くないが、両親や祖母に愛されて大事に育ててもらい、友人にも恵まれたこともあり、ひとりの人間として尊厳を傷つけられた場合は普通に怒る。豊永志穂に比べれば平凡だし見劣りするかもしれないが、あんなことを言われる筋合いはないのである。

（だから豊永さんのやり方には、本当に、本当に、ムカついてるわ……）

そう、これは宣戦布告なのだ。

すぐにバレるような形で雑誌に写真を撮らせたのも、ただ日花里を煽《あお》るためだけにやったとしか思えない。

（でも、この問題は私の心の中で収めるしかないわけで……）

彼女は仕事の相手だし、お金も権力もある志穂に対して、自分ができることなどなにもないのだから。

日花里は心の中で荒れ狂う感情を必死に抑え、雑誌をばたんと閉じてゴミ箱に放りこむと、

「さ、午後からの仕事頑張りましょっ！」

と、空元気で微笑んだのだった。


そんなこんなで、なかなかにショックな出来事はあったが、とりあえずその日の仕事を終えた日花里は、腕時計を確認しつつデスクから立ち上がった。

（今日の夜ごはん、なんにしようかなぁ……家にあるものでいいかな）

海翔は東北で開催されるビジネス展示・商談会にゲストとして招かれて、午後から出張中である。ちなみに帰宅は四日後の予定だ。

（あ、そうだ。真澄に連絡しようかな！）

海翔が忙しく家を空けがちなときは、社会人一年目からの親友である、森尾《もりお》真澄がよく誘ってくれる。おまけに恋人の福井《ふくい》を含めて食事をすることも多々あった。

『彼氏と過ごすのに私がいたら邪魔じゃない？』

海翔が海外出張のときは、週に三度も誘ってくれて、さすがに申し訳なくてそう尋ねると、

『私の親友を大事にできない男と付き合う意味、ある？』

と不思議そうに尋ねられて、じぃんと胸が熱くなったのは言うまでもない。

（とりあえず今日は無理でも、明日か明後日のどっちかで真澄とごはん行きたいかも）

そんなことを考えながら、駅に向かって歩いている途中スマホを見ると、海翔からメッセージが届いていた。

そう、日花里は雑誌を見た後、ふと思いついて海翔に連絡をしていたのだ。

【雑誌見ました。なんにも気にしてないですからね。ご心配なく】

あまり深刻にならないように、シンプルに伝えたつもりだった。

もちろん、気にしていないわけではない。志穂のやり方に腹を立てているし、ムカついている。だがそれは海翔のせいではない。もう同じ過ちを繰り返したくないから、気にしていないと言うしかない。

それはまごうことなき本心の一部だったのだが、海翔はひどく慌てたようで、はちゃめちゃに着信が残っていた。同時にメッセージアプリのトーク画面にも【でんわでて】【たのむ】とたどたどしいメッセージがずらりと並んでいた。

それを見た瞬間、日花里の全身からサーッと血の気が引く。

「た……大変だ……」

今日は事務処理が忙しく、昼以降はスマホを見る暇もなかったのだが、海翔からしたら日花里から無視されているように感じたかもしれない。

（気にしてないっていうのが、気にしてるように見えたのかも……！）

日花里自身、自分が強がってしまう性格だとわかっているし、海翔だってそんな日花里の性格をとうの昔に見抜いている。とりあえず周囲を見回しながら、人目を避けて一階のエントランスの柱の陰で電話をかけることにした。

コールが二度鳴る直前、

『はい！』

と海翔の声が耳元で響く。その速さに驚いたが、彼は日花里の連絡を今か今かと待ちわびていたのかもしれない。

「あ……海翔さん。ごめんなさい、私……」

『日花里、あれ全然そんなんじゃないから！　雑誌のインタビューで集まっただけだから！』

日花里がなにかを言う前に、海翔が叫ぶ。

一瞬耳がキーンとしたが、

「あっ、はい。わかってます、その、霧生さんに聞いたので……だから本当に大丈夫ですよ。そのつもりで『気にしてない』ってメッセージ送ったんですけど……なんか海翔さん、悪いほうに取ってそうで」

その次の瞬間、

『取ってたよ』

海翔がうなり声をあげた。

「あ……やっぱりそうなんですね。でも本当に全然大丈夫なんです」

『ほんとに？』

「本当です。本当に本当」

念押しのように繰り返すと、電話の向こうで海翔の安堵のため息が聞こえた。

「すぐに返事できなくてごめんなさい。午後からちょうどバタついてて、スマホを全然見てなくて」

『いや、わかってる。そうだろうなって頭ではわかってたんだが……もしかしたらって考えたら、怖くなった。俺、ちょっと週刊誌、トラウマになってるんだよな』

「ふふっ……」

スマホの向こうでむきになっている海翔の顔がまじまじと浮かんで、日花里はつい笑ってしまうのだが、海翔にとっては、笑いごとでは済まない事件だったと思いなおし、日花里は少し声を抑えつつ言葉を続けた。

「大丈夫ですよ。私、海翔さんに好かれてる自信があるんです」

『日花里……』

「だから海翔さんも気にしないでください」

『ああ、わかった！　まぁ、仕事だからわかってくれるって思ってたけどさ。よかった。安心した』

「──」

仕事だから、という海翔の言葉に一瞬言葉がつまったが、それ以上はなにも言えなかった。

（気にしてないって言ったのは私なんだから……仕方ないわ）

耳を澄ますと、海翔の息遣いの向こうではざわざわと人々の声が聞こえる。展示会は明日、明後日の二日間なので、今は打ち合わせをしているはずだ。

「仕事中なんでしょう？　わざわざ電話くれて、ありがとうございました」

『いや、今はちょうど休憩中だから……じゃあな。なにかあったらすぐに連絡しろよ』

「はぁい。おみやげ期待してますね。牛タンとか笹かまとかずんだ餅とか」

日花里の食いしん坊なおねだりに、海翔はクスッと笑う。

『わかった。山盛り買うから期待しとけ。じゃあな』

そして通話は終わった。

日花里はほうっとため息をついて、スマホをぎゅっと握りしめる。

慌ただしくはあったし色々思うことはあったが、話せてよかった。

日花里は海翔とのトーク画面を開き『声が聞けて嬉しかったです。お仕事頑張ってくださいね』とメッセージを送ったのだが、ついでに母にもメッセージを送ることにした。

『海翔さんの記事、見た？』

『あれ誤解だからね』

仕事で挽回すると決めた海翔だが、結局その後、町田家との間に進展はない。

海翔が出張先からお土産を贈ったときなど、毎回お礼の連絡をくれるのだが『結婚』の二文字は意図して避けているように感じる。

（そうは言っても、ちゃんと説明しておかないと勘違いしちゃうだろうし……）

そうやって柱にもたれ、ぽちぽちと週刊誌に掲載された経緯を入力しようとしたところで、母から電話がかかってきた。

「お母さん？」

慌てて通話ボタンを押すと、

『日花里ちゃん？　あのね。お父さんが……』

『ちょっと貸しなさい。日花里？』

母に続いて父が電話口に出る。

「あ、お父さん。あのね、今お母さんにも説明を……」

『やっぱりお父さんは、反対せざるを得ないよ』

「え？」

父のきっぱりとした反対の言葉に、頭に雷が落ちたような気がした。

「ま、まって、あの雑誌は全然誤解だから！　仕事中だったのにそれを勝手に撮影されてデートみたいに書かれただけで、あの人とは関係ないの、だから……」

『日花里ちゃん、そういうことを言ってるんじゃないんだ』

父は慌てる日花里を窘《たしな》めるようにささやいた。

「っ……じゃっ、じゃあなんなの……？」

なぜ反対ばかりするのだと、胸の奥からムクムクと反発心が湧き上がってくる。

だが続いた父の言葉は、日花里が考えもしないものだった。

『誤解であれ、ああいう写真を撮って記事を書いてもいいいんだと、周囲から認識されている男性と、結婚してほしくないいんだよ』

「――」

父の発言は、ぐさりと日花里の胸をひと突きする威力があった。

『今後、結婚したとして、彼は女性と仕事をするたびに、あんなふうに写真を撮られたりする可能性があるんだよ。今はまだ他人だから、日花里ちゃんに直接的な被害は及んでないわけだけど、結婚したら日花里ちゃんだって他人事ではなくなるんだ。全然知らない人たちから、ゴシップの種として雑誌とかインターネットであれやこれや言われるんだよ？』

「それは……」

『大事な娘を、そんな男にやれないよ。やりたくないっ……。あんな芸能人みたいな男じゃなくて、もっと普通の人がいるだろうっ……！』

そう言う父の声はかすかに強張っていて、なぜか電話の向こうで父が泣いているような気がした。

『今だけじゃない。将来のことも踏まえて、よく考えなさい』

そして通話は一方的に切れてしまった。

「あっ」

日花里は茫然とスマホを握りしめたまま、柱にもたれかかる。

（お父さんのばか……。でも……）

でも——。

でも、きっと。父は日花里のことを本当に大事に思っていて。日花里の幸せしか考えていなくて。

決して海翔を憎んでいるわけでもなくて——。

（どうしよう……）

家族に反対されてもいい、なんて言えない。

そしてこんな話を、ふたりの将来のためだと、仕事を一生懸命頑張っている海翔に言えるはずがない。

「っ……」

眼鏡の奥の、日花里の大きな目にじんわりと涙が浮かぶ。

（誰も悪くないんだよね……海翔さんも、お父さんも……）

大好きな家族、愛する人、なぜ全員で幸せになれないのだろう。

「はぁ……どうしたらいいんだろ……」

何度か瞬きをしながらぼんやりと天井を見上げていると、

「あ、よかった。行き違いにならなくて」

すぐ近くで澄んだ声がした。顔を上げるとそこには全身真っ黒なファッションの青年が立っている。

「あの……お久しぶりです」

黒いキャップをかぶっている彼は、口元を覆っていたマスクをずらして小さく頭を下げる。

そう、日花里の目の前に立っていたのはいつも豊永志穂のそばにいる、ノゾムその人だったのだ。

「――あっ」

日花里は慌てて目の端に残る涙を指で拭い、ぺこりと頭を下げる。思わぬ来客に日花里は目をぱちくりさせつつ、なにか約束があったかと腕時計に目を落とす。

「今日伺ったのは、僕の個人的な行動なんです」

だがノゾムは日花里の勘違いを即座に察知して、穏やかな口調で首を振った。

「個人的な……?」

「少しお話ができたらと思って」

「――私とですか?」

「藤堂さんは仙台《せんだい》に行かれてますよね。だから町田さんは今日フリーだと思って」

どうやら彼は海翔のスケジュールも把握しているようだ。

(まぁ、ゲストで呼ばれてるわけだし、調べれば出てくる情報だけど)

彼の口ぶりから不穏な空気を察知し、思わず身構えてしまったが、こちらをまっすぐに見つめる目はいたって静かで穏やかで――。

（っていうか……ちょっと飲まないとやってられない気分になったかもしれない）

日花里は眼鏡を指で押し上げると、

「場所を移動しましょう。それでもしよかったら、付き合ってもらえませんか？」

とノゾムにずいずいと近づいて背の高い彼を下から見上げたのだった。

「はい、かんぱーい」

「か、乾杯……？」

差し出されたビールジョッキに、ノゾムは持っていたジョッキを軽く合わせる。

日花里はそのままテーブルの上に置くことなく、ぐびぐびとビールを一気に飲み干すと、

「すいません、生お代わりください」

と二杯目を即座にオーダーした。隣でノゾムがどう振る舞っていいかわからないような顔をしていたが、かけられた迷惑を思えば、このくらいは許されていいはずだ。

シブヤデジタルビルにやってきたノゾムに『話がある』と連れ出された日花里だが、徒歩で向かった先は喫茶店でもカフェでもなく、路地に入ったところにある年季の入った居酒屋だった。L字型のカウンターと四人テーブルが三つあるだけの居酒屋は、気が付けばサラリーマンでほぼ満席だ。カウンターの端っこに並んで腰を下ろした日花里は、ビールをちびちび口にするノゾムの顔を覗き込む。

「前からこのお店気になってたんですよね。好き嫌いあります？　適当に料理頼んでいい？」

「あ、好き嫌いはないです。はい、お願いします……」

突然顔を覗き込まれたノゾムは、慌てたようにこくりとうなずいた。

「じゃあ厚揚げ焼いたのと、きゅうりの叩き、出汁巻き玉子ともつ煮込みください」

日花里が料理を注文したところで、ノゾムは思い出したように斜め掛けしていたボディバッグから名刺を取り出した。

「今日はいきなり押し掛けてすみません。お渡ししてなかったですね。僕の名刺です」

「ありがとうございます」

名刺を受け取ると、そこには『株式会社ＳＬＡＰ　執行役員　城崎臨《しろさきのぞむ》　ＳＨＩＲＯＳＡＫＩ　ＮＯＺＯＭＵ』と記載されていた。

「城崎さん……執行役員だったんですね」

「はい。コンテンツプロデューサーとして働いています」

この若さでプロデューサーとは恐れ入るが、ＳＬＡＰの営業利益はすでに百億を超えるとなにかで読んだ気がする。そのコンテンツ制作を一挙に担っているのが彼――ノゾムということになるらしい。ＳＬＡＰの業績を考えると、彼は彼でかなり仕事ができる人間のようだ。

「豊永さんといつも一緒にいらっしゃるので、秘書をされているのかと思っていました」

日花里の言葉にノゾムは少しだけ笑って、

「それも間違ってはいなくて……プロデューサー兼秘書、みたいなものなんです。実は僕と志穂ちゃんは幼馴染なんですよ」

と、教えてくれた。

「えっ、そうだったんですか⁉」

「家が隣で保育園から高校までずっと同じ学校で……。あ、高校は志穂ちゃん、一年も通ってないんで、あれなんですけど」

ノゾムはそう言って、お通しで出てきた鳥の南蛮漬けをゆっくりと口に運んだ。

「だから僕と志穂ちゃんはきょうだいみたいに育ってきて……どっちが姉で兄とかではないんですけど、ほぼ家族みたいな感じなんです」

「そうだったんですね……」

やはり志穂とノゾムを初めて見たときに感じた『身内感』は、大きく外れていなかったらしい。

納得しつつ、日花里はカウンター越しに差し出されたきゅうりの叩きを受け取った。

箸でつまみ口の中に入れ、ぽりぽりとかんでいると、彼はいつの間に飲み干したのか、二杯目の生ビールを受け取り、カウンターテーブルの上に置き、そのまま深々と頭を下げた。

「うちの社長がすみません」

「えっ？」

いきなり頭を下げられて、目を白黒させる日花里の前で彼は言葉を続ける。

「今日はそのことを謝りに来たんです」

「謝りに……あぁ、雑誌のアレですか」

「です」

ノゾムは神妙な顔でうなずいた。

謝るということは、彼もまたあの週刊誌の掲載が『仕込み』だと知っているのだろう。

「そんな、城崎さんが謝るようなことではないですよ」

「でも……ただの役員なら、確かにそうですけど。二十年来の友人でもあるし、社内で彼女を窘められるとしたら、僕くらいしかいないので」

ノゾムははぁ、と深いため息をついた後、カウンターの奥を遠い眼差しで見つめた。

その横顔はいつも派手で華やかな志穂の後ろに隠れている彼が、ただそれだけの人間ではないと言っているような、そんな気がした。

「それで……私に直接謝りに来られたということは、海翔さんとの関係をご存じということでしょうか」

「はい。その……うちの新年会が終わった後、おふたりを見てしまって……仲いいんだなぁって」

ノゾムがちょっと恥ずかしそうに言葉を濁す。

「あっ」

日花里は思わず口元を手で押さえていた。

もしかしたらキスしているところを見られてしまったのだろうか。ハグしている男女なんて珍しくないからと、言い訳したことを思い出して顔が熱くなる。

(周囲には誰もいなかったから、油断したわ……)

日花里はなんとも思ってませんよという顔をしつつパタパタと手のひらで顔を仰ぎ、それからビールを飲み、胸の奥に溜まっている重々しい空気を思い切り吐き出した。

(でもバレてるんならいっそ、聞いてしまっても構わないわよね)

プライベートなことだからと飲み込んでいた日花里だが、こうなったらもうすっきりしてしまいたい。

日花里は背筋を伸ばし、ノゾムを見つめた。

「以前豊永さんから言われたんです。藤堂海翔に憧れて起業したって……あれって本当ですか？」

日花里が尋ねると、ノゾムは少し困ったようにうなずいた。

「ええ、まぁ……。本当です。志穂ちゃん、藤堂海翔オタクで……むしろ藤堂海翔になりたいって本気で思ってる人なんで」

「――え？」

すぐ隣にいるはずなのに、一瞬、なにを言われたかわからず、聞き返してしまった。

どういう反応をしていいのかわからず、日花里は何度か唇を開けたり閉めたりした後、ビールがなみなみ注がれているジョッキを握りしめ、一気に中身を呷る。

「いや、オタクって……！」

「すみません。ふざけてるつもりはないんですが、そうなんですよ。志穂ちゃんは藤堂さんをなんかこう……尊敬を超えて敬愛してて、生き方もなにもかも真似したいんです」

「……生き方？　真似？」

なぜ彼女がそんな発想になったのか、まるで想像できず理解も追いつかない。

日花里がぽかんとしていると、

「ちょっと長くなりそうなんですけど、僕の話聞いてもらえますか？」

ノゾムが意を決したように唇を引き結ぶ。

「ええ、聞きますよ……時間はなんぼでもありますからね」

日花里はアハ、と苦笑いしながらうなずき、三杯目はビールではなく焼酎にしようと頬杖をつきノゾムの話に耳を傾けることにした。

豊永志穂は保育園に通っている頃から、もうすでに人とは違う片鱗《へんりん》があった。

二歳になったばかりの頃、自宅で母親が流していた海外アニメの英語のセリフをすべて暗記し周囲を驚かせたし、幼い頃から運動神経も抜群で、乗馬、テニスやゴルフなど、なにをやらせても『この子は才能がある！』と太鼓判を押された。

その神童ぶりに『この子の将来は医者だ、いや弁護士、宇宙飛行士にだってなれるかも！』と将来を期待されたという。

　だがあまりにも頭の回転が速すぎたせいなのか、『普通の女の子』ではない彼女は、中学くらいから周囲から距離を置かれるようになった。悲しいかな、空気を読まない、読めない人間というのは、いつの時代においても社会でつま弾きをされてしまうのだろう。

「——まぁ、今の志穂ちゃんからは想像つかないかもしれないんですけど、めちゃくちゃ引っ込み思案で」

　ノゾムはそう言いながら焼いた厚揚げにショウガ醤油をつけつつ、口に運ぶ。

「ひっこみ、じあん……？」

　思わず失礼な言い方になってしまったが、ノゾムも真面目な顔をしてうんうん、とうなずく。

「いや、ほんとそうなんですよ。ぼうっとしているように見えて頭の中は常にフル回転で、言語が脳みそに追いついてなかったんだと思います。とにかく話しているそばから話題があっちこっちにぴょんぴょん飛んで、聞いてる側は彼女がなにを言ってるか全然わかんなくて、話の内容も理解できない。そんなことが続いて、最終的に誰とも話さなくなっちゃったんです」

　そして気が付けば、ノゾムと一緒に入学したはずの高校には、ほぼ行かなくなってしまったのだという。

「ご両親は留学でもさせようかって話してたんだけど、志穂ちゃんはあんまり興味なかったみたいで。暇つぶしに僕の趣味を手伝ってくれるようになったんです」

「城崎くんの趣味って？」

いったいなんだろうと首をかしげると、彼ははにかむように笑ってスマホをポケットから取り出すと、ささっと操作し画面を見せてくれた。

「これです」

彼の手元を覗き込み、日花里は息をのんだ。

「――あっ！」

液晶画面にはＩ・ｔｕｂｅの動画が映っていた。

動画のタイトルには【千景《ちかげ》ろまん・引退ライブ】とあり、なんと再生回数は驚異の一千万回を超えている。

千景ろまん。日花里がＶチューバーとはなんぞやと調べたときに、何度も検索で見たＶアイドルの名前だ。

「えっ、あれっ、でもこれって……」

「僕、個人Ｖチューバーで、アイドルしてたんですよ」

もさもさの前髪の奥から、いたずらっ子のような瞳がきらりと光る。

「ええっ⁉」

思わず大きな声が出てしまったが、それはただ彼が元Ｖだったという事実からだけではない。

「えっ、でもでもっ……ちっ……千景ろまんって、女の子、です、よね……？」

そう、個人勢Ｖチューバーの金字塔、伝説のアイドルである【千景ろまん】は、オーロラ色の髪と大きな瞳を持った、すらりとした妖精のような女の子だったのである。

「ふふっ……そうですね」

日花里の驚きは想像の範囲だったのだろう。

ノゾムは薄い唇にやんわりと笑みを浮かべた。

「えっ、じゃあボイスチェンジャーとか使ってですか？」

「多少は作ってますけど基本的に地声です」

「たしかに……そう言われれば、男性なんだけど声が柔らかくて高めなんですね。や、すごいなぁ……！　私、この引退ライブ何度も動画を見ました。あなたは完璧な女性アイドルだったと思います。男性だなんて思いもしませんでした」

そう、オーロラ色の彼女はキラキラと輝いていて、ころころと笑い、昭和のアイドルの歌をカバーし、オリジナルソングを歌い、踊り、そしてマイクを置いてＶチューバーの世界から永遠に消え去ったのだ。

「でも、どうしてアイドル辞めたんですか？」

佐紀がこの場にいたら、きっと伝説のアイドルの中の人に会えて、狂喜乱舞したかもしれない。

日花里のもっともな問いかけに、ノゾムはやんわりと微笑んだ。

「昔からアイドルが好きで……見てるうちに、僕もあんなことしてみたいなぁって思うようになったんです。でも僕、男だし。見た目もこんなだし、かわいいとは正反対でしょう？　だからVチューバーの存在を知ったときは、これだ！　って思ったんですよ。でもいざ始めてみたら、暇人で凝《こ》り性《しょう》の志穂ちゃんのせいで、自分の想像以上に千景ろまんが有名になってしまって……。だから辞めたんです」

「人気が出すぎたから、辞めたんですか……」

彼──彼女の引退ライブの日は、インターネットの同時接続に二十万人が集まったという。

まさに伝説のアイドルだったはずだ。

「もともと、義務になったらやめようとは思ってたんですよ。だって俺、心も体も普通に男で、だけどインターネットの中でアイドル千景ろまんとして生きていたら、段々どっちが本当の自分かわからなくなっちゃって……。ただの趣味だったはずなのに、これはやばいなと思って、引退したんです。志穂ちゃんからしたら成功体験にはなったし、その後のＳＬＡＰ立ち上げに箔《はく》が付いたから、まぁ結果オーライではあるんですけど」

そしてノゾムは二杯目のビールを飲み干すと、水割りに切り替えて頬杖をつく。

「そして志穂ちゃんは、留学よりも起業することを選びました。大学に行っていくつか有名どころでインターンを経験して、さて本格的に起業しようかってなったときに、志穂ちゃんはテレビで藤堂海翔さんに一方的に出会ったんです」

「え……？」

「かっこよくて、クールで派手で、最高にイケてて、人たらしでモテまくりの藤堂海翔さんみたいになりたい、そうだ私が目指す社長像はあれだ！　藤堂海翔になれば、私も成功できる！　って思ってしまったんです」

「――」

「海翔さんがあんなキャラだったばっかりに……今の彼女はああなったってことですか？」

ノゾムの発言に、日花里は思わず真顔になってしまった。

「そうですね」

ノゾムが苦笑しつつうなずいた。だがそんなことを聞いて納得できるはずがない。

「でも……海翔さんがキラキラしてるのは、社長だからじゃないですよ。学生時代からなにも変わってないです。彼の話を聞いた限りだと、子供の頃からあんなふうだったみたいだし」

そう、彼は社長として磨かれてああなったのではない。物心ついたときから俺様で、商社マンを続けていても、今とまったく変わっていなかったはずだ。

「ですよね。でも志穂ちゃん、頭いいけどその分思い込みも激しくて……。だからそのままずっと、藤堂海翔を自分の人生の指針にしているんです」

そしてノゾムは神妙な顔になり、改めて日花里に頭を下げる。

「というわけで、本当に色々ご迷惑をかけました。すみませんでした」

「――い、いえ」

日花里は言葉に詰まりながらもゆるゆると首を振った。そうして話を聞いてみて思ったのは、やっぱりノゾムに謝ってもらっても仕方ない、ということだ。

日花里は何度かため息をついた後、

「彼女は勝手に海翔さんを理想のアイドルにして、こうあってほしいって型にはめて、でも付き合ってる女が私だと知って、思ってたのと違うって腹を立てて、ああやって私にいやがらせしたわけですよね」

とノゾムに問いかけた。日花里の言葉に、彼はグッと息をのむ。

「申し訳……」

また謝罪の言葉を口にしかけたノゾムに、日花里はそっとその腕に触れた。

「待って。城崎くんは謝らなくていいです。というか、こういうこと初めてじゃないんでしょう?」

そう、おそらく豊永志穂は、今回に限っていきなりご乱心したわけではないはずだ。感情で振舞って、気まぐれで誰かを振り回し、そのたびにノゾムが後始末に走り回っていたのではないだろうか。

「あなたが先回りして彼女をフォローする限り、彼女は同じことを繰り返すのでは?」

「――」

ノゾムは反論しなかった。賢い彼のことだ、この場において迷惑をかけた日花里に対して言い訳できる言葉はないとわかっているのだろう。

日花里は押しつけがましくならないよう、ぽつぽつと言葉を続けた。

「すべてが個人の責任だった趣味の活動とは違う。今は社員や、コンテンツを大事にしてくれるファン……かかわってくれたすべての人を幸せにするのが、CEOの役目でしょう？　もはやSLAPは、豊永さんの腕試しの場所ではないはずです」

職を失ったばかりの日花里をROCK・FLOOR社に誘ってくれたとき、ぐずぐずと泣いている日花里に、彼はさらりと言ってくれたのだ。

『誘ってる以上、お前の人生を背負う覚悟はあるよ。絶対に途中で放り出したりしない。だからうちに来い』

海外ではレイオフなんて当たり前かもしれないが、日本はまだまだ就職は人生において一大イベントだ。職を失って人生の挫折を感じていた日花里にとって、海翔の言葉はもはや神の啓示に等しいもので、彼への好意とは別に、『一生ついていきます！』と感じたあの日の気持ちは、今でも色鮮やかに思い出せる。

（まぁ、その後、結構な迷惑もかけられてるけど……）

昔を懐かしく思いながら、日花里は改めてノゾムを見つめた。

「そう思わない？」

派手な生活ぶりばかりに注目して彼の本質を見失っては、藤堂海翔を目標にする意味などまるでないだろう。

「はい……おっしゃる通りです」

みるみるうちにノゾムがしおしおとしょぼくれていく。さすがにかわいそうになってしまって、慌ててフォローを入れた。

「あっ、でも豊永さんが私を敵視している理由がはっきりしたのは、よかったと思ってますよ。私に会いに来るの、勇気がいったでしょう？　ありがとう」

「町田さん……」

厚めの前髪の奥で、ノゾムがじんわりと涙ぐんだ。

「すみません……逆にお気遣いいただいて」

そしてノゾムは手元でグラスをいじいじともてあそびながら、背中を丸める。

「でも……志穂ちゃんの憧れだけあって、ほんとに藤堂さん、カッコいいですよね。自分に自信があって、でも全然気取ってなくて、みんな彼と話したがってるのに、会場の隅っこでうろうろしてる僕みたいな陰キャにまでもれなく声をかけて、年下なのに敬意をもって接してくれるし……ほんといい男だなって思うし……志穂ちゃんが好きになるのも当然っていうか……ハハッ……」

それまで朴訥《ぼくとつ》ながらも、きりっとしていたはずのノゾムが、ふとした拍子に寂しそうに表情を緩めるのを見て、

（――ていうか、もしかして……）

日花里はふと、確信めいたものを感じた。職場ならこんなことは聞けないが、今は完全にオフで

場所は居酒屋である。

思い切って尋ねる。

「その、勘違いだったらごめんなさい……。もうお取引先とか関係なしの個人的な話をするけど。もしかして城崎くんは、豊永さんのことを、ひとりの女性として好きだったりするの？」

彼はしきりに【身内】【幼馴染】【家族】と繰り返していたので、そういうものかなと思っていたのだが、もしかしたら違うのではないか。

「っ……」

その瞬間、ノゾムがぶわっと顔を赤く染めた。彼が猫なら全身の毛が総立ちしただろう。

「や、でも志穂ちゃんは、ほんとずっと一緒にいただけでっ！　そもそも僕のかわいいアイドルになって歌って踊ってみたいっていう誰にも言えなかった夢を笑わないで、無償で手伝ってくれてっ！　だからぼっ、僕もっ、今度は志穂ちゃんの夢を叶えたいって思って、だから好きとか、キスしたいとか抱きしめたいとか、そんなおこがましい気持ちにはなれないっていうかっ……！　調子に乗るなって思われるに決まってるんでっ！」

（なるほど。キスしたい、抱きしめたいって思ってるんだ……？）

やはりノゾムは志穂を女性として見ているようである。

アワアワなりながらオタクの早口を繰り出すノゾムを見ながら、

「すごく、大事に思ってるのね」

日花里は彼を傷つけないように口を開いた。

「……はい」

ノゾムは息をのみ、小さくうなずいて、さらに背中を丸めた。

「告白はしないの？」

異性としての好意があるかどうかはわからないが、志穂が時々噂になるような、モデルだったり若手タレントだったりの、そんじょそこらの適当な男よりは絶対に大事に思っているのではないだろうか。ノゾムにとって志穂が大切な存在であるように、彼女にとってもノゾムは特別な男性であるはずだ。

するとノゾムは困ったように目を伏せる。

「ちっちゃいときからずっと一緒にいて、周囲に『付き合ってる？』って言われたこと、一度や二度じゃないんです。でもそのたびに志穂ちゃんは『ノゾムは家族だから』って答えてて……だからまったく脈はないってわかってます。それに僕みたいなダサい男から好かれたって困るでしょ？告って志穂ちゃんとぎくしゃくして、今まで通りの関係が崩れたら嫌だから……僕はこのままでいいんですよ。そばにいられるだけで十分です」

語尾だけ妙にきっぱりと言い切ったノゾムに、日花里は胸を突かれた気がした。

（知ってる……彼の気持ち……すごくわかる。長く一緒にいすぎて、自分は恋愛対象からはじき出されてるんだって思う気持ち……私だって、わかるわ）

振られるのが怖くて、海翔に思いを告げられなかったこれまでの八年間が走馬灯のように蘇る。

そう、かつての日花里はずっとノゾムと同じように過ごしていたのだ。

二度と会えなくなるくらいなら、このままでいいと――。

（でも、そんなの嘘だった）

日花里はぎゅっと唇を引き結び、それからなにかを決意したように顔を上げた。

「ねぇ、城崎くん。私やっぱり、許せないかも」

「え？」

急にきりっとした表情になった日花里に、ノゾムは不思議そうに首をかしげる。

「実はね、今日、城崎くんから声をかけられる寸前、父から今回の件を責められてたの」

「どういうことですか？」

「週刊誌にああやって載るような男と結婚するのはどうかって。仮にあれが本当じゃなかったとしても、そういう男には嫁にやれないって」

「結婚……あっ」

その瞬間、すべてを理解したノゾムの顔からサーッと血の気が引いた。

（まぁ、あくまでもきっかけに過ぎなくて、結婚を反対されたのはあれのせいだけとは言わないけど……）

だがこのくらいは言ってもいいだろう。

日花里はそんなことを考えながら、眼鏡を指で押し上げつつ、ノゾムに顔を近づけた。

「彼女がやってることって、普通に権力をかさにきたいやがらせよね。私は海翔さんを両親に紹介しているし、結婚の報告もしていたんです（反対されたけど！）。年内に籍を入れる予定だったけど（希望的観測だけど！）、例の週刊誌のことで両親は完全に反対ムードです（前からだけど！）。これ、彼女はどう落とし前をつけてくださるんですか？」

日花里の『豊永志穂のせいで結婚が危うくなっている』という告白に、ノゾムが椅子から転げ落ちそうなくらい衝撃を受けていた。

「えっ、そんな大事《おおごと》にっ⁉」

「ええ」

人一倍深刻そうに、至極真面目そうな表情を作る。

「彼女は、私が海翔さんと付き合ってるって、うちに挨拶に来た段階で気づいてました。なのにあんなことしたんです。いい大人が、どうなるか知らないわけでもないでしょうに。私がなにもできないって舐めくさってるんじゃないかしら。あれで海翔さんを目標にしてますなんて、どこが？って感じだし。ちゃんちゃらおかしいと思うんですけど、どう思われます？」

急に、スンッとしたすまし顔で厳しいことを言い始めた日花里に、ノゾムはサーッと顔を白くする。

「す、すみません、あの、その、えっ、どうしよう、志穂ちゃん訴えられるやつですか⁉」

アワアワしているノゾムをちょっとかわいそうと思いつつ、日花里は軽く首をかしげる。

そう、ここは女優になるしかない。

「それはちょっと悩んでるんですよね。だって、訴えたところで週刊誌が謝罪するわけでなし、海翔さんの名誉も回復されるわけじゃないですし」

「じゃあ、どうしたら……」

「そうね～……。反省していただきたいかも」

「は、反省……？」

いったいどんな無理難題を言われるのかと、ノゾムがおそるおそる尋ねる。

そこで日花里はもったいぶって、スラックスに包んだ足を優雅に組んだ。

「私がやられたように、やり返すっていうのはどう？」

目には目を。歯には歯を。いやがらせにはいやがらせを。

まるで悪役だなとそんなことを思いながら、日花里は緊張で硬直しているノゾムの肩をぐいっと抱いて、

「城崎くん、ちょっと耳を貸して」

と、得意げに耳元に顔を近づけたのだった。

仕返しってこういうことでしょ

海翔の手のひらがぬくもりを求めてシーツの上をすべる。ひとしきりあたりを撫でまわしたが手ごたえはなく、仕方なくぱちりと目を覚ますと、ベッドの中に日花里はいなかった。

「日花里……？」

ベッドから下りてリビングへと向かうと、女の子らしいワンピースに身を包んだ日花里がバッグにハンカチや財布を詰めているところだった。

白い襟の玉子色のワンピースは、色白の日花里によく似合っていた。ちなみに豊かな髪は丁寧にブラッシングされてポニーテールにしており、かわいらしいことこの上ないが、明らかによそいきの格好である。

「出かけるのか？」

声をかけると同時に、ポニーテールが左右に揺れる。

「はい。真澄に買い物に付き合ってもらうんです」

日花里はこちらを見て、ニコッと笑ってうなずいた。

「そっか」

今日は海翔にとっても久しぶりのオフだった。本当に久しぶりに一日休みになった。せっかくならふたりで出かけたいと思っていたが、日花里に約束を破って自分に付き合えとはとても言えない。

(まぁ、仕方ないか……)

跳ねまわっている髪をくしゃくしゃとかき回しながら、海翔は日花里の元に向かう。

「なら、夜にでも一緒に外でメシ食わないか」

頬の輪郭を確かめるように、指でなぞりながらそう持ちかけると、

「ごめんなさい。夜もちょっと……真澄と食事の約束をしてて」

日花里は顔の前で両手を合わせ、すごく申し訳なさそうに眉をハの字にする。

「そっ……そうか。まぁ、森尾さんも日花里と話したいよな……」

彼女は百貨店勤務なので、土日の休みに合わせるのは苦労するのだと、昔日花里が言っていたのを思い出す。

しょんぼりと明らかに気落ちした海翔を見て、日花里はニコニコしながら海翔に歩み寄ると、海翔のウエストに腕を回しぎゅっと抱きつき、甘えるように海翔を見上げてきた。

「海翔さん、もう三週間も休んでないでしょう？　昨日だって結局帰ってきたのは深夜だったし、せっかくの貴重な休みなんだから、二度寝でもして、今日はおうちでゆっくりしてください」

「ああ……そうだな」

確かに日花里の言うように、この三週間休みらしい休みは一日もなかった。疲れているのは事実だ。

(自分が家にいたら俺が休めないって、気遣ってくれたんだろうな……)

海翔はそんなことを考えながら、日花里の肩に手を置いて、前髪をかきあげると額にキスをする。

「遅くなるようだったら連絡しろよ。迎えにいくから」

「大丈夫ですよ。それほど遅くなる前に帰ってきますから」

「——うん」

小さくうなずきながら、拗ねたように口を開く。

「行ってきますのキスして」

「ええっ？」

「してくれなきゃ家を出さない」

わがままなのは百も承知だが、一分一秒だって彼女と見つめあっていたいのだ。

すると日花里はクスッと笑い、背伸びをして、海翔の頬にちゅっと触れるだけのキスをすると、

「行ってきます！」

と、元気よく玄関へと向かっていった。

途中ハッと思い出したように、

「あ、冷蔵庫にごはん入れてあるので、適当に食べてくださいね！」

と生真面目な顔をして振り返る。

「……ありがとう」

「じゃあ行ってきますっ」

そして日花里はバタバタと出かけていってしまった。

「――」

ばたんと目の前で閉まるドアを見て、海翔は唇を引き結ぶ。

「さっ……さびしいっ……！」

本人を前にしてはとても言えないセリフが口を突いて出て、海翔はそのまま壁にもたれかかっていた。

そう、寂しかった。昨日、すやすやと眠る日花里を起こさないようにベッドに入ったときは『明日は絶対一日中イチャイチャするぞ！』『最近のすれ違いを解消するぞ！』と心に誓い、気絶するように眠ったので、いざひとりで休みを過ごせと言われてもどうしていいかわからないのだ。

「あ〜ぁ……」

二度寝でもしてと言われたが、とてもそんな気にはなれなくて、海翔は目を伏せる。

「日花里、普通だったな……最近全然話できてないの、気にしてないのか？」

大きなケンカをしたわけじゃない。出張で日本中を飛び回っているが、職場も同じだし、同棲しているわけだし、世間のカップルよりは顔を合わせる回数は多いはずだ。だが今の海翔は忙しすぎる。一緒に暮らしていても日花里とはほぼすれ違いの生活が何か月も続いているのである。

（でも仕事を頑張るのはご両親に認めてもらって日花里と結婚するためで……だから俺は、間違ってないよな。うん……）

海翔ははふはふとあくびをしながらバスルームへと向かうと、頭から熱めのシャワーを浴びることにした。

目も覚めてさっぱりしたところで冷蔵庫を開けると、ガラスの器に盛られた美しいサラダや野菜たっぷりのミネストローネ、フレンチトーストが、きれいにぴっちりと保存容器に収められている。

「あいつも働いてるのに……頭が下がるな。いただきます」

ダイニングテーブルで手を合わせ、遅めの朝食を口に運んだ。食器を食洗器に放り込み、コーヒーを淹れてソファーで飲みつつ、膝の上でノートパソコンを広げる。

（結局仕事するしかないんだよなぁ……）

そうやってしばらくキーボードに指を滑らせていると、スマホがいきなり鳴り始める。

もしや日花里かと手に取ったが、残念ながら海翔の短い商社マン時代の悪友のひとりだった。

「チッ……」

思わず舌打ちしつつ「はい」と通話ボタンを押す。

『おう、海翔久しぶり～。なぁ、来週合コンやるんだけど来ない？』

「行かねぇ」

そのまま通話を切断すると、即座にまた電話がかかってくる。

『おい、いきなり切らなくてもいいじゃん』

スマホの向こうの悪友――三浦《みうら》はケラケラと笑っていた。

三浦はチャラチャラしたイケメンで仕事もできる有能な男だ。周囲から海翔とタイプが似ていると言われていて、複雑な気持ちになったことは一度や二度ではなかった。

だが三浦が主催する合コンはとにかく男どもには評判で、モデルや女優はもちろんのこと、局アナや元オリンピック選手という、いったいどういうコネだよ、と聞きたくなるようなメンバーが集められ、海翔もフリーのときはよく彼に誘われて、参加していたのだった。

「行かないって話で終わっただろ。てか、お前、ちょっと前に『合コンだるい。これからはアプリだ』とか言ってたのにどうしたんだよ」

『ここ一年くらいはアプリの出会いもちょっと効率悪くなっててさ。原点回帰ってことだよ』

「あっそ……でも俺、結婚するし。その手のやつはもう参加しないから」

はっきりと宣言すると、スマホの向こうから、

『はぁ!?　お前が結婚ッ!?　なんなの、子供でもできたのか?』

と大きな声が響く。

「いや、できてないけど。ずっと好きだった女がようやく俺のモノになったから」

『あぁ～……なるほど。だったら向こうの気が変わる前に籍入れたいよな』

三浦は解析度の高い返答をすると（勘の良さに腹が立つが）、

『じゃあバチェラーパーティー開催だな！』

と悪ガキのように声を弾ませた。

バチェラーパーティーというのは、結婚前の男性が、独身最後の夜を男だけで楽しむパーティーのことだ。海翔も商社マン時代の友人が結婚する前に、何度か参加したことがある。

だがなんら華やかなものではない。男だけで集まりひたすら酒を浴びるように飲み、泥酔して最終的に床に転がるだけの生産性のないどんちゃん騒ぎなのだが、なんとなく仲間内の恒例行事になっていた。

『合コンはもういいからとりあえず出てこれない？　健康的に茶でも飲もうぜ』

「まぁ、そうだな。暇だから付き合ってやってもいいよ」

海翔のもったいぶった言葉に『女王様かよ』とスマホの向こうで三浦が笑う。

というわけで、日花里と甘い時間を過ごせない海翔は、悪友と貴重な休日を過ごすことになったのだった。


グレージュのプルオーバーのパーカーと濃紺のワイドテーパードパンツに着替えた海翔は、待ち合わせのカフェへと向かった。

「海翔」

先に到着したらしい三浦はオープンテラスでコーヒーを飲んでおり、海翔の姿を発見してにこやかに微笑みながら手を上げる。海翔も軽く手を上げ、カウンターでアイスコーヒーを注文し、テラス席へと移動した。

「久しぶりだな。前に会ったの、一年くらい前か？」

三浦の前に座りながら尋ねると、カットソーにロングカーディガンを重ねたきれいめファッションの三浦は、周囲を魅了するような微笑みを浮かべつつ、うなずいた。

「そうだな。俺がアメリカから帰ってすぐだったから、そのくらいだ」

彼は彫刻刀で刻んだような切れ長の瞳が印象的な、端正な顔立ちをしていた。

ちなみに彼の実家は長野《ながの》の古刹《こさつ》で、お気楽な三男坊である。海翔は彼と初めて話したとき『ありがたい仏像』みたいな顔をしていると思ったので、あながち環境が人を作るというのは間違いではないのだなと、感心したことをよく覚えている。

今日は朝からいい天気で汗ばむほどの陽気だった。海翔は軽くパーカーの袖をまくり上げつつ、ストローをくわえた。

それから海翔と三浦はお互いの近況から話を始め、世界情勢から経済の話へと話題を広げながら、他愛もない会話を繰り広げていたのだが、

「なぁ、お前の彼女見せてよ」

と、話に飽きたらしい三浦に唐突に言われて、海翔はわざとらしくもったいぶってみせた。

「え〜？　見たい？　俺の日花里、見たい？　そんなに言うなら見せてやらんこともないけど〜？」

いそいそとスマホを取り出し、カメラロールから日花里アルバムを開く。

三浦はテーブルの上に置かれたスマホを覗き込み、指で画像をスクロールしながら、

「へぇ……」

と切れ長の目をぱちくりさせた。

ちなみに写真は、海翔が盗撮したものが三分の二、残りは一緒に出かけたときに撮った日常の日花里である。

三浦はカメラロールをじっくりとなめるように眺めた後、

「海翔のことだから、なんかすげぇゴージャスセレブ美女と付き合ってるのかと思ってたけど……素朴だな」

と、若干失礼な感想を口にした。

「はぁ？　日花里はどこからどう見ても非の打ちどころがない、完璧なもちもち美人さんだろうが。おめぇ、ちゃんと目ついてんのかよ」

海翔が組んだ足のスニーカーのつま先で三浦の脛《すね》あたりを蹴ると、三浦はクク ッと喉を鳴らすように笑い、肩をすくめる。

「や、それは見ればわかるって。きちんとした家庭で育てられたんだろうなってわかる女性だ。ただ今までのお前なら、付き合ってなかったタイプだなってこと」

チュールキスDX 初回特典ショートストーリー
お前は俺のモノだろ？2 ～俺様社長の独占溺愛～

本当に欲しいもの

あさぎ千夜春・著　大橋キッカ・画

「誕生日プレゼントなにが欲しいですか？」

寝る前、ベッドの中でなにげなく尋ねたとき、

「――お前」

そう言って笑った藤堂海翔はたいそう男前だった。

その瞬間、日花里は心の中で『好き！』と叫んだし、められるがまま熱い一夜を過ごしたのだが、翌朝ベッ

の中で目を覚まして、

「いや、そうじゃなくて～……」

と、頭を抱えるはめになった。

今月末は、海翔の誕生日である。

彼はとても自由な人だ。なんでも持っているくせに

いざとなったらすべてを捨ててしまうような、身軽さ

ある。

だから『欲しいもの』なんて、本当はないのかもし

ない。

だが、片思いすること八年（正確には両片思いだっ

らしいが、まったくそんな感じはなかったので、やは

片思いしていた、という感覚しかない）、これまで毎年

にかしら誕生日を祝っていたので、なにかはしたい。

「モノより思い出……なのかなぁ～……」

そんなことを考えつつ、身支度を整えて朝食の準備

ちなみに海翔は起きてすぐにランニングに行

った。

彼曰く、ここ一年で体重が増えたら

だがもともとかなりの長身だし外

ので、多少増量したと言われて

の世に増えて嬉しいな～』

しかし海翔は「やっぱ

にジョギングとジム

ただでさえ日

体まで完璧

「海翔さ

日

…する

…わってし

…い。

…国人体型で筋肉質…

…も『海翔さんの体積が…

…しか思わない。

…り気になるからさ」と、本格…

…通いを始めたのだった。

…本人離れしたエキゾチックな美形なのに…

…仕上がったら、どうなる？

…んがますます素敵になってしまう……はぁ……

花里は深いため息をついた。

既婚男性はモテる、らしい。

最近入籍した真澄が「夫が素敵なのは妻がそのよう…
整えてるからよッ！」と強い口調で言っていたことを…
い出す。

海翔は営業マンの一面もあるので、人前に出ること…
多い。

一目ぼれされるのも日常茶飯事だし、本当に、本当に…
心配でたまらなかった。

＊＊＊

「結婚したからって安心できないんだよなぁ……」

「なに？」

霧生は怪訝そうな顔をして、電車のホームを難しい…
をして歩く海翔を横目で見つめる。

ついさきほどまで難しい案件の打ち合わせをしてい…
ので、そこでなにか問題があったのかと、気になっ…
のだが――。

「人妻って甘美な響きあるじゃん」

海翔はきりっと、死ぬほどくだらない言葉を口にした…

ん

近くに座っ

いたようにヒソ

と目立つ男なのだ。

だ。　んできないだろうなあ）

＊＊＊

で迎えた海翔の誕生日の夜、日花里は海翔と一
ホテルのレストランにいた。
この日のためにあつらえたノースリーブのロイヤルブ
ルーのドレス姿でおいしいフレンチを食べ、その後ホテ
ルのバーで美しい色のカクテルを飲み、ご機嫌になった
ところで、
「部屋、取った」
と、海翔が甘い声でささやいた。
「えっ」
てっきりこのまま帰ると思っていたので、心臓が跳ねる。
「こないだ聞かれただろ。なにが欲しいって」
「はい……」
ぼやっとしながらうなずくと、海翔は言葉を続けた。
「やっぱり俺が欲しいのは、お前だけだよ。日花里以外
に執着した存在はない」
そうして彼は日花里の頬に軽く指を這わせて、目を細
める。
「いいだろ？」
たぶん、自分は一生この人が好きで、モテすぎる彼に
やきもきするのだろう。
だがこの魅力的な美しい人が自分を求めてくれる——。
不安は尽きないかもしれないが、今はその幸せを思い
っきり受け止めたい。
「ええ……」
日花里は柔らかく微笑んで、頬に置かれた彼の手をそ
っと握りしめたのだった。

おしまい♥

「は？」
「日花里なんだけど……きれいになったと思わないか？」
海翔の恐ろしく真剣な顔に、霧生は肩をすくめた。
「副社長としては、女性社員の容姿について言及するのはやめておく」
当たり前のことを口にしたつもりだったが、海翔はまるで聞いていないように言葉を続けた。
「いや、ほんとさ。結婚してますますきれいになって……心配なんだよ」
「——そうか」
学生の頃から海翔の七転八倒ぶりを見ていたので、仕方ないかと思わないでもないが、さすがに結婚したんだからそろそろ落ち着いてほしい。
どんな反応をしていいかわからない霧生は、誤魔化すように眼鏡を指で押し上げる。
そんな霧生の気持ちもいざ知らず、
「本当はさ、仕事辞めて家にいてほし～とか思わなくもないんだ。でもそれってただの束縛だし……そんなこと言ったら、日花里にマジで嫌われるし……」
どうでもいいことを、ブツブツと難しい顔をしてつぶやく親友の言葉に、霧生は『こいつはいつまで馬鹿な
だ？』と思ったが、やっぱりなにも言わなかった。
やってきた電車に乗り込み並んで立つと、
ていた女性たちが海翔を見て、少し浮つ
ヒソする。並みの芸能人よりよっぽ
（町田さんのほうが、よっぽど安
と、ため息をついたのだっ
そうし
緒に

三浦はスマホを海翔に返した後、頬杖をついてにやりと笑う。

「まぁ……自分から必死になって追いかけまわしたのは、日花里が最初で最後だからな」

そう、海翔は物心ついたときからモテ続けた人生だったし、基本的に来る者拒まず、去る者追わずの精神で生きてきたので、本命に対してはひたすら恋愛下手だった。

日花里が心優しく、情が深い女だったからかろうじて今一緒にいられるが、まともな精神の女性なら、去年の海翔などどう考えても縁を切られて当然の振る舞いだったはずである。

だが『お前は俺のモノだろ』と、言葉で縛ることしかできなかった自分はもういない。

大事なことはきちんと言葉と態度で示さなければ、絶対に相手には伝わらないし、一緒にいたいのなら関係を維持する努力を怠ってはいけないのだ。

「結婚式には呼んでくれよな～。世界のどこにいても駆けつけるからな」

こういうときの三浦の言葉はマジなので、たとえ地球の裏側にいても海翔の結婚式には顔を出してくれるだろう。

「ああ……頼む」

わりと本気でうなずくと、三浦もまた笑ってうなずいた。

「それにしても、お前が結婚か。家庭とは一番無縁なタイプだと思ってたんだけどな」

「お前の中で、俺はどんだけ社会性のない男になってるんだよ」

「だって、こないだも雑誌に撮られてただろ。なんだっけ……どっかの女社長と。あれ見たとき、相変わらずだな～！　って思ったもん」

明らかに面白いものを見たと言わんばかりの雰囲気で言われたので、海翔は苦虫をかみつぶしたような気分になった。

「……あれは、レストランで雑誌の取材を受けてるときに撮られたんだよ。撮ってるほうもそんなんじゃないって、絶対にわかってたはずなんだ」

「ふぅん……でもまぁ、誤解されないように気を付けろよ」

「それは大丈夫。日花里はもう、俺の愛を信じてくれてるから」

友人の手前、格好をつけてふふんと笑った海翔だが、あの記事を見たときは全身から血の気が引いたし、日花里に土下座せんばかりの勢いで謝罪したのは言わないことにした。格好悪いので。

（凛々子ちゃんを通じて、霧生がすぐに誤解を解いてくれたのもあるとは思うけど……なにより日花里が俺を信じてくれてるんだよなぁ……これを愛と言わずしてなんと言おうか）

男嫌いの日花里は、どうやっても振り向いてくれないのだと思い込んでいた頃の自分に、教えてやりたいくらいである。

そうやって調子にのっていた海翔だが――。

「おい、海翔。あれ、お前の大好きな彼女さんじゃないのか？」

夢見心地の中、軽く肩を叩かれて彼が指さした方向を見る。

「え……？」

なんと今朝別れたばかりの日花里が、ハンサムで若い男と肩を並べて歩いている姿が目に飛び込んできて、心臓が凍り付いた。

目の前が一瞬で真っ白になる。

「は……?」

力なくゆらりと立ち上がった海翔は、まさか、そんなはずがないと何度か瞬きをしたが、やはり今朝出ていくのを見た日花里当人で間違いない。

「日花里……?」

ちなみに男の顔に見覚えはない。

年の頃は二十代前半くらいだろうか。にっくきイケメン銀行員の北見《きたみ》でもないし、ROCK・FLOOR社の人間でもない。すらりとした今どきの美男子だ。

彼はなんだか照れたように日花里の顔を覗き込みながら微笑み、日花里のほうも『気にしないで』と言わんばかりに苦笑しつつも首を振っていた。

ナンパとかそういう雰囲気ではない。明らかに顔なじみで親しい空気だ。

(え?　は?-?　ちょ、えっ!?)

やがてふたりは微笑みあいながらそのまま人混みの中に消えていき、海翔はその場から身動き一つとれないままで——。

「か……海翔、大丈夫か……?」

三浦が気遣うように海翔に問いかけたが、

「……」

唇から漏れるのは音にならない吐息ばかりで。

「大丈夫じゃなさそうだな……」

三浦の言葉はなにひとつ頭に入っていかず、海翔は目を開けたまま、しばらく茫然とその場に立ち尽くしていたのだった。

＊＊＊

日花里がマンションを出て二十分後。

「お待たせ～！」

待ち合わせた日本橋《にほんばし》にある南天《なんてん》百貨店本店の銅像の前には、どこか所在なげにスマホを持った青年が立っており、日花里が声をかけた瞬間、ホッとしたように顔を上げた。

今日の約束の相手はＳＬＡＰの取締役のひとりである、城崎臨その人である。いつものように全身真っ黒でもじゃもじゃだ。

「城崎くんは何時に来たの？」

日花里は腕時計に目を落としながら尋ねる。ちなみに時計の針は十時四十五分で、約束は十一時の予定だった。

「えっと、その……三十分前に」

少し恥ずかしそうに、ノゾムはかぶっている帽子のつばを引っ張りながらぼそぼそと答える。

「そうだったの？　待たせてごめんなさい。お茶でもして待ってくれてたらよかったのに」

「町田さんが十五分前に来てくれたから、全然待ってないですよ」

ノゾムはふにゃっと笑って、薄い唇に笑みを浮かべる。

「じゃあとりあえず中、入ろうか」

「はい」

ノゾムはこくりとうなずいて、日花里とともに肩を並べて店内へと足を踏み入れた。

「僕、こういうところでものを買ったことないんですよね」

「そうなんだ？　じゃあ普段はどこで買ってるの？」

「通販です。全部スマホかＰＣで」

ノゾムは指をちょこちょこと動かして、軽く目を細める。

「あぁ～……確かになんだって通販で買えるわよね」

インターネットが日々の生活の重要なライフラインになって、実店舗で購入する機会はかなり減ってしまった。日用品ですらネットでまとめて、という機会が増えている。

真澄も『ネット通販の売り上げが、百貨店の売り上げを抜いたんだって』と嘆いていた。もちろんネット通販には小売り以外も含まれているので、純粋に比べられるものではないのだが、脅威《きょうい》であることは間違いない。

（だからこそ、ネット通販ではできないことをやらなきゃいけないんだよね……これもそのうちのひとつらしいんだけど）

親友の頑張りが報われてほしいと思いつつ、日花里はノゾムににっこりと微笑みかけた。

「私の友人がメンズ館で待ってるからね」

「はい」

ノゾムは戦場に赴く戦士のような厳しい表情で、エスカレーターに乗り込む日花里の後ろにぴったりと寄り添う。何気なく肩越しに振り返ってみると、全身が強張っていて緊張がすごい。だが日花里には彼の気持ちが手に取るようにわかる。

約一年前、日花里はまったく同じ気持ちでこの場所に立っていたのだ。

「あのね、私も以前、同じサービスを受けたことがあるんだけど、カラー診断、骨格診断、ヘアサロンでカットもしてくれて、予算に合わせて全身コーディネートまでしてくれるの。今は怖いかもしれないけど、向こうは二十七年間ほぼメイクもネイルもしたことない私にすらすっごく優しかったし、なによりプロなのよ。だから大丈夫っ」

「はっ、はい……もう、身をゆだねるつもりで来てるんでっ……」

ノゾムはかちこちになりながらも、こくこくとうなずいた。

そう――。日花里は以前自分が真澄にやってもらった『意識改革』をノゾムにもやってもらおうと、真澄が働く南天百貨店の本店にやってきたのである。

『僕みたいなダサい男から好かれたって困るでしょ？　告って志穂ちゃんとぎくしゃくして、今まで通りの関係が崩れたら嫌だから……僕はこのままでいいんです』

居酒屋で、諦めたようにそう言ったノゾムの姿に、日花里はかつての自分を重ねたのだ。

（城崎くんと私は、同じだわ……）

好きな人があまりにもまぶしすぎるから、自分はその隣に並び立つ資格がないと思い込んでいる。本当は好きなのに、思いが通じ合えたらどれほど幸せかと思っているのに、見ているだけでいい、そばにいられるだけマシだと自分に言い聞かせている。

もちろん、日花里だって見た目を変えたから、海翔とうまくいったわけではないということはわかっている。真澄に連れていかれた合コンも、ただの『きっかけ』に過ぎない。

だが行動を起こさなければ、きっと海翔と結ばれることはなかったはずだ。

自分はださい、釣り合わないからと諦めるよりも、行動することで未来が変わるかもしれない。

そう思うとノゾムを放っておくことはできないのだった。

（まぁ、豊永さんに思うところがないわけじゃないけど……だからって、無視したりなかったことにしたりしても、解決するわけじゃないし……）

この場合、彼女を驚かせることができたら、ついでに悔しがらせることができたら、どれだけすっきりするだろうか。それが今の日花里の原動力でもあった。

（我ながらいい性格してるわ……フフフ）

妄想に浸りながらニヤニヤしていると、

「町田さん？」

ひょこっと遠慮がちに、ノゾムに顔を覗き込まれてハッと現実に戻る。

「あっ、ごめんなさい。なんだか楽しみになっちゃって」

「僕はドキドキしてもう、心臓が壊れそうですよ」

ノゾムははにかむように笑って、それから胸のあたりをそうっと手のひらで押さえ深呼吸した。

やっぱりかわいい。ひとりっ子の日花里の脳内で、完全にノゾムは弟になってしまったようだ。

そうやってふたりでわちゃわちゃとじゃれあっていると、向こうからカツカツと小走りにパンツスーツ姿の真澄が近づいてくるのが見えた。

「あっ、真澄！」

日花里の声掛けに真澄もパッと笑顔になった後、隣に立つノゾムを見て「城崎臨様ですね。本日アテンドさせていただきます、森尾真澄と申します」と丁寧に頭を下げる。

「あっ、こちらこそ。町田さんからご紹介いただだいて……」

ノゾムも深々と礼を返した。

真澄はにこやかに微笑みながら、

「本日はパーソナルカラー診断と骨格診断から、城崎様に似合うスタイルを診断し、美容院に移動。その間、スタッフが南天百貨店のメンズ館で、お客様の必要なシーンに合わせたスタイリングを集めて、提案させていただきます」

と、すらすらと説明を始めた。

「私も一緒に見てていいんだよね？」

日花里が尋ねると、

「ぜひ、お願いします。僕ひとりだと不安なので」

ノゾムは苦笑しつつうなずき、それから彼の大変身が始まったのだった。

カラー診断と骨格診断を終えたノゾムは美容室に移動し、日花里は真澄が洋服を選ぶのについていくことにした。

「忙しいのに無理言ってごめんね」

「いやいや……よくぞあたしに声をかけてくれたわねって思ってるわよ。ありがとうねッ！」

真澄は目にメラメラと炎を宿しながら、いきなり誰でも知っているような高級ブランド店へと足を踏み入れる。ショップ店員は美形ばかりだし、普段足を踏み入れようとも思わないブランドなので、日花里はキョドキョドしつつ、真澄にぴったりとくっつく。

一方真澄は手慣れた様子でいくつかの服を手に取ると、

「今どきのＩＴセレブは百貨店を使ってくれないから、この機会に、ぜったいうちのお得意様になってもらいたいのよ……！　っていうかうちの外商顧客になってもらいたいッ！」

と、至極真剣な表情で言い放ったのだった。

「あぁ、なるほど……それはそうね」

ノゾムは事前の連絡で『予算に上限は設けない』と伝えているらしい。

自社株だけで億単位の資産を有しているはずだし、役員報酬もうん千万のはずなので、確かに買い物に上限など必要ないかもしれないが、日花里には雲の上の話である。

「いやぁ～……すごい世界だねぇ」

しみじみする日花里の横で、真澄はどんどん洋服を選びつつ、スタッフに声をかけて洋服をすべて外商サロンへ運ばせるよう指示をする。

「あら、日花里だって結婚したら、そういう世界の住人になるんじゃないの？」

「えっ……？　私が？？？？」

言われて想像してみたが、まったくピンとこない。

「いやぁ……海翔さんのお金は海翔さんのものだし……結婚しても普通に働くし……貯金もあるし。私のお金の使い方はなにも変わらないと思うよ」

そう、確かに海翔の住むタワマンに同居しているが、日花里個人はまったく贅沢をしているわけではない。むしろ以前よりつつましくなったくらいだ。なぜなら生活にかかるすべてのお金は海翔が支払ってしまうからである。

家賃の負担は無理だとしても（給与を全額渡してもまったく足りない）せめて食費くらいは払わせてほしいと言ったが、食品は生鮮含め、毎週配達の手続きをしたとあっさり却下された。ちなみに部屋に飾る花ですら、近くのフラワーショップから月に三度、運ばれてくるのである。日花里がお財布を開く暇がない。

「なら、うちで毎日お買い物してほしいわ。大歓迎よ」

真澄がからかうように顔を覗き込んでくるので、日花里は笑って「しっかりしてるわねぇ」と笑って彼女の背中を叩くのだった。

それからまた別の店に移動しつつ、道中で時計や靴を物色していると、しばらくして真澄の社用携帯に美容院から連絡があった。

「——ではすぐにそちらに向かいます」

「カット終わったんだ！」

「うん。すっごく素敵になったって」

真澄はうなずきつつ、通話を終えると、意味深に微笑みながら日花里の顔を覗き込んだ。

「ところであんな若いイケメン捕まえてマイ・フェア・レディごっこ？　なにがあったの？」

「えっ……!?　や、別に、その……」

さすがに彼の恋心を実らせてあげたいなんて、言いにくい。

なんと説明していいかわからず、ごにょごにょと誤魔化していると、

「今日だって、デートと言えばデートじゃん。海翔さん、嫉妬したんじゃないの～？」

と、顔を寄せてささやいてくる。

「いや、別に話してないけど」

真澄と買い物をすると言って出かけたくらいだ。というか、その発想しかなかった。ノゾムと会うというよりも、真澄に仕事を頼む、くらいのノリである。

その瞬間、真澄が切れ長の目をぱっちりと開いて口元を指先でそうっと押さえる。

「えっ……大丈夫？」

「や、彼まだ二十三だよ。真澄もいるんだし。百貨店で買い物をするのにデートなんて大げさだよ」

日花里はアハハと笑って「ほんとに～？」と首をかしげる真澄の背中をバシバシ叩きながら、美容院に向かったのだった。


「今日は本当にありがとうございました」

「そんな、気にしないで。私も楽しかったから」

南天百貨店を出た日花里は、笑って隣を歩くノゾムを見上げる。

メンズ館で頭の先からつま先まで、プロの手によって磨かれたノゾムは、そのファッションも相まって、まるで雑誌から抜け出したモデルのようにキラキラと輝いていた。

塩系男子がドストライクと公言する真澄などは、ノゾムの前では必死に我慢していたが、美容室で声にならない悲鳴をあげた後、小さくガッツポーズをしていたくらいである。

「カジュアルからパーティー用まで、一通り全部購入したんでしょう？」

「はい。適当に着まわせる普段着から、ちょっとしたパーティー用のスーツ、ガチの正装、あと時計や靴は当然として、靴下まで選んでもらいました。サイズの調整が必要なものは後日改めて送ってくれるそうで。トータルコーディネートってめちゃくちゃ助かりますね。俺、季節ごとに南天百貨店にお世話になろうかなって、本気で考えてますよ」

両手に紙袋を持ったノゾムは、少し誇らしげに胸を張った。心なしか背筋が伸びている気がする。

（わかるわ……そのちょっぴりの自信！　私もそうだったから、わかるわ～！）

日花里はそわそわしつつ、ノゾムを見て目を細める。

「すっごく見違えたよ。なんだか歩き方も違うんじゃない？」

すると彼は目をぱちくりさせながら、

「確かに、Vやってたときと似た感覚かも。あんまりにも変わりすぎたから、自分じゃないみたいな……特別な自分を演じてる気分っていうか……図々しいですかね？」

ノゾムは照れ照れと頬を染めながら、目を伏せる。

「いやいや確かに変わったけど、これもまたまぎれもない城崎くんの一面だよ。自信もって！」

グッとこぶしを握り締めながら彼を見上げると、ノゾムはホッとしたように頬を緩めて、照れくさそうにペコッと頭を下げる。

「ありがとうございます。今日は本当に誘ってもらってよかったです」

「うんうん、いいよ～、気にしないで。私も楽しかったよ」

（かわいいなぁ……。弟がいたらこんな感じなのかな）

ニヤニヤしながらさらに言葉を続ける。

「あとはさ、志穂さんが来るパーティー的なところで、ぱりっとおめかしして参加すればいいよ。女の子のお友達とか誘ってね。志穂さんのこと焦らせちゃえ！」

日花里はがんばれがんばれ、という気持ちでノゾムに微笑みかけた。

（そして豊永さんは『大事な人が赤の他人に取られちゃうかも？』って思う気持ちを思い知れ～～！）

と、心の中で叫ぶ。

そう、これが日花里が考えた『いやがらせ』だった。

我ながら意地悪だと思うが、日花里は写真週刊誌に恋人の事実無根のスキャンダルをでっちあげられた側である。このくらいの仕返しをしても、バチはあたらないと思いたい。

「――あの。ちょっとご相談なんですが」

だが急にノゾムはどこか思いつめたような表情で立ち止まる。

「え？」

「来週、うちの会社でちょっとしたイベントがあるんですけど。その後のパーティーに同伴してもらえませんか？　志穂ちゃんも参加するんで」

「わ、私が⁉　ちょっと待って、その役目は女友達とかに頼んだほうが……」

さすがに自分には荷が重い。

慌てて首を振ると、その瞬間ノゾムは見たこともない形相《ぎょうそう》になり、

「陰キャの僕に女の子の友達なんか、いるはずないじゃないですかっ！！」

と叫ぶ。日花里は驚いて背中を強張らせた。

「えっ」

「いませんよ、マジで！　そりゃオンラインゲーム仲間に女友達はいますけど、お互いの本名もどこに住んでるのかも知らないような人間ばかりで、一緒にパーティーに参加してくれるような友達はいませんっ！」

そう言うノゾムの顔はひどく真剣で、とても嘘をついているようには見えなかった。

「そ……そう？」

だが確かに日花里も、親しい男友達がいるかというと『いない』ほうなので、ノゾムの言いたいこともわからないでもなかった。

日花里はうーんと首をひねりつつ、

「――海翔さんに了承をもらってからでもいい？」

と尋ねる。さすがに海翔に内緒にして、ほかの男の子とパーティーに行くのは問題があるだろう。

「ええ、それはもちろんです」

ノゾムはこくこくとうなずき、それからまた緩やかに歩き始めた。

「ありがとうございます。本当に感謝してます」

「まだ、行けるかどうかはわからないわよ」

日花里は苦笑して首を振ったが、

「いやいや、あの藤堂海翔が、そんな小さい男なわけないじゃないですか～！」

ノゾムはホッとしたような笑顔でそう言い放った。

ふたりを遠くから海翔が見つめていたことには気づかずに――。

実家に帰らせていただきます

ノゾムを見送った後、日花里は書店などを巡って気になる本を何冊か購入し、早番で仕事を終えた真澄と合流した。

「日花里～」

手を振りながら近づいてくる真澄はニコニコの満面の笑みである。

「日花里のおかげで、査定が大幅プラスになるかもしれないへへへへ～」

「城崎くん、今後も利用させてもらいたいって言ってたから、よかったね」

「うんっ。今日はあたしのおごりだからねっ。いつもの焼肉屋に行こ！」

「はいはい……」

ぐいっと腕にしがみつかれた日花里は、苦笑しながら真澄と繁華街に足を踏み入れ、昔からよく通っている焼肉屋へと向かう。

まだ六時を過ぎたばかりなので、店内はそれほど混んでいなかった。網をのせた七輪を挟んで座り、ビールで乾杯しつつ、真澄にノゾムと一緒にパーティーに参加することになった事情をかいつまんで説明する。

「あぁ～、彼、そういう事情だったんだ」

真澄はようやく納得できたと大きくうなずいた。

「そう。だからデートとかじゃないの。わかってくれた？」

「わかったわかった。でもそれ、すっごく楽しそう。あたしに手伝わせてよ」

カルビをトングで網の上にのせつつ、真澄がにやりと笑う。

「手伝うって？」

きょとん顔の日花里を見て、

「あのイケメンの隣に立っても、見劣りしないようにしなくちゃいけないじゃん。去年の合コンのときみたいにプロデュースさせてほしいなっ！　全部うちで用意させて！」

「――それはそうね」

確かにパーティーに参加するとなれば、日花里も準備が必要だ。ドレスなんて持っていないし、TPOに合わせたメイクも自信がない。

「じゃあそのときはお願いしようかな」

何事もプロに任せるのが一番だろう。

「うんうん、絶対連絡してよね！　真澄さんに任せなさいっ！」

「あはは、よろしく」

日花里は笑いながら真澄の提案にうなずいた。

それから他愛もない女同士のくだらない会話を繰り広げたのち、盛り上がったまま「二軒目に行こう！」と言われ、まだ時間が早いこともありバーへと向かった。

そう、そこまではいつもの流れで、気の置けない親友との楽しい女子会だったのだ。だがカクテルを三杯ほど飲んだところで、真澄が「最近彼ピとうまくいってない……」と突然泣き出し、日花里はびっくりしてしまった。

真澄と彼氏の福井くんは、今まで大きなケンカもせず仲良くしていたはずだ。

「えっ、なんで？　どういうこと？」

日花里の問いかけに、真澄はぽつぽつと最近ふたりの間で起こっているすれ違いの話をしてくれた。

「なるほど……。今は仕事が楽しい真澄と、結婚したい福井くんのタイミングが合わないってことかぁ……」

アラサーともなればよく聞くタイプの話である。

（まぁ、私が聞いたのは男女逆だったけど）

つい先日も、ＲＯＣＫ・ＦＬＯＯＲ社の男性エンジニアが、一年付き合った彼女に突然結婚を急かされ『すぐに答えは出せないよ』と言い、女性陣に『結婚する気がないなら早く別れてあげなよ～』とつつかれていたのを見たばかりだった。

（双方がベストのタイミングって、なかなか難しいのかもしれないけど……）

まさに日花里だって、当人同士は今がベストだと思っているが、両親の反対を受けている最中なのだから。

「そりゃあたしだって福井くんのこと好きだけど〜！　それはそれとして、結婚、出産ってなるとあたしのキャリア、どうやったって停滞しちゃうんだよぉ〜〜！　だからちょっと考えさせてほしいって言ったんだけど、福井くん、傷ついたみたいで。でもさぁ、それであたしの愛情を疑うのって、いくらなんでもひどくないっ⁉」

「そ、そうだね……。好きって気持ちと結婚を迷う気持ちは、普通に両立するもんね」

カウンターに突っ伏しておいおいと泣く真澄の背中を必死でさすりながら、日花里は脇に置いたスマホにちらりと目線を送る。

（帰るつもりだったけど、ちょっと遅れそう……メッセージだけでも送らなきゃ）

日花里は軽くため息をつきスマホを手に取るが、

「日花里やだやだ帰っちゃやだぁ〜〜！　あたしをひとりにしないでぇ〜〜！」

真澄がべそべそと泣きながら抱き着いてきて、椅子から転げ落ちそうになった。

「わぁっ……わかった、まだ帰らないからっ！」

日花里は慌ててスマホから手を放し、真澄を抱きとめる。だが真澄はそのままぐったりと力が抜けて、日花里にもたれかかってきた。

「大丈夫？」

久しぶりにこんなに酔った真澄を見たかもしれない。

彼女の華奢な背中を撫でていたところで、

「──きもちわるい……はくかもぉ……」

日花里の肩に頬をのせた真澄がかすれた声でささやいた。

「えっ！　ちょっと待って！　我慢して！」

日花里は慌てて真澄の体を抱えて「トイレ行こ！」と引きずっていく。

「ほら、足に力入れて！」

「うう……ごめん……おえ……」

「もう……ぎりぎりまでしゃんとしてるから。いきなりすぎるのよ」

よれよれの真澄をトイレに押し込み、ジャーッと水を流す音を聞きながら、日花里はドアにもたれて大きなため息をつく。

（でも真澄の悩みって、当然だよね……）

好きだから、ずっと一緒にいたいから結婚する、としても。仕事をバリバリやっている女性が結婚後のキャリアを不安に思うのは当然のことだ。

日花里はたまたま社長である海翔と同じ職場だから、わりとどうとでもなるかなとのんきに考えていたが、同じ会社だと女性は出世の道を諦めなければならない、とか、夫が転勤を強いられる、なんて理不尽な話もよく耳にする。

「あぁぁ～……はぁ……」

真澄がドアの向こうでうめいている。

「真澄……」

いつもはしっかり者の真澄がここまで悩み嘆くのは、当然福井と別れたくないからだ。

結婚は考えられないので、じゃあ別れます、で問題が解決したら誰も苦労しない。物事はそんなに単純な話ではない。真澄はおっとりのんびりした恋人である福井くんに、これまでたくさん支えてもらったとわかっているはずだ。

（大事な人がそばにいるから、仕事に打ち込めるってことだってあるものね……）

日花里はドアの向こうに向かって、明るく声をかける。

「ねぇ、真澄。私たちが入社半年で倒産したあの会社、今でも惜しかったって思う？　ずっとあそこで働いていたかった？」

「え……？」

ドアの向こうで真澄が息をひそめる気配がした。日花里はそのまま言葉を続ける。

「結婚してキャリアが変わるのって、不安で当然だと思う。でも、今真澄がキャリア含めて百点満点だって思ってる人生も、福井くんと一緒に年を重ねていくうちに、百二十点になる可能性だってあるんじゃない？」

「――」

たった半年で会社がなくなって、放り出されて。

日花里はたまたま海翔に拾ってもらえたが、真澄は就職活動を再開し苦労して、南天百貨店に入社した。最初は契約社員で、三年目からようやく社員になり、今ではバリバリ働いて仕事にやりがいと誇りを持っているはずだ。前の職場でずっと働いていたかったなんて、一ミリも思っていないのではないだろうか。

「失うものばかりじゃないよ、きっと」

返事を聞くまでもなく、すぐにまたトイレの水が流れる音がしたが、ドアの向こうで真澄がすん、と鼻をすする音が聞こえた気がした。

真澄をタクシーで自宅に送った日花里は、結局彼女の部屋に泊めてもらうことになった。

（廊下で服を脱ぎだして、焦っちゃったわ……）

なんとかパジャマに着替えさせてベッドに押し込んだ後、日花里はシャワーを浴びてさっぱりしてから、毛布と一緒にソファーに横になった。

ちなみに真澄の部屋には、翌日の着替えまで用意した日花里のお泊まりセットが置いてある。彼女の部屋は、もはや第二の我が家なのでお泊まりも手慣れたものだ。

（介抱で海翔さんに連絡できなかったな……）

日花里はため息をつきつつスマホを取り出し、

『泥酔した真澄を送って彼女の部屋にいます。泊まって帰りますね』

とメッセージを送った。電話しようかと思いじっと画面を見ていたが、結局は未読のままだったので、スマホをバッグの中に放り込んで目を閉じる。

（海翔さん、ゆっくり休めたかなぁ……だといいけど）

目を閉じると、アルコールの余韻なのかすぐに泥のような眠気が襲い掛かってくる。

ノゾムの大変身と真澄の悩み相談で、今日は心身ともにぐったりだ。

「はふ……」

日花里は小さくあくびをすると、そのまま深い眠りに落ちていくのだった。


翌朝、ベッドの上で「ゴメンナサイ……」と土下座する真澄を笑って許し、海翔と住むマンションへと戻る。空は青く、白い雲がまぶしい。すがすがしい朝だ。

春らしい水色のカットソーにデニム姿の日花里は、スキップしたい気分を飲み込みつつスタスタと帰路を急いでいた。ちなみに途中、近所のパン屋さんでバゲットを購入した。朝帰りのお詫《わ》びに、海翔の好きなビーフシチューを作るつもりだ。

「は～……いい天気だなぁ。洗濯日和かも」

海翔と住むタワマンに基本的に文句はないのだが、外に洗濯物が干せないのが唯一の不満だった。

クリーニングも便利でいいのだが、たまには日光をたっぷり浴びたタオルを使いたい。お日様の匂いがする布団が恋しい。結婚したら引っ越そうと言われているので、次の部屋は低層の普通のマンションがいい。

（でも海翔さんのことだから、だったら家でも建てるかって言いそう……）

今日の出勤は昼からにして、帰ったらすぐに焼肉臭いワンピースの洗濯をしようと思いながら、マンションのドアを開ける。あのワンピースは海翔に買ってもらったお気に入りなのだ。

「ただいま帰りました～！」

時計の針はまだ朝の八時を回ったばかりである。普段なら海翔も家にいる時間だ。

日花里はスタスタと部屋の中に入っていったが、なぜかリビングのカーテンが閉められたままで、部屋が真っ暗なことに気が付いた。

「あれ、海翔さん……？」

もしかしてまだ寝ているのだろうか。

きょろきょろしつつ壁に設置されているボタンを押すと、自動でカーテンが開き始める。

カーテンは遮光なので、みるみるうちにリビングに明るい光が差し込み始める。その光の中、海翔がソファーの上で燃え尽きたボクサーのようにうなだれているシルエットが浮き上がって、まさかそんなところに海翔がいると思っていなかった日花里は、

「きゃあ！」

と盛大に悲鳴をあげた。

「か、海翔さん、いたんですか⁉」

心臓が胸の奥でばくばくと跳ねている。

驚いて数歩後ずさりする日花里の声に、海翔はのろのろと顔を上げ、

「おかえり」

と真顔でつぶやいた。

「た、ただいま、です……」

日花里は目をぱちくりさせながら部屋を見回す。ローテーブルの上にはウイスキーのグラスと空き瓶が置かれている。

仕事でなにかいやな出来事でもあったのだろうか。

聞きたいと思いつつも、海翔は社長だ。言えないこともあるだろう。深入りしてはまずいかもしれない。

「ひとりで飲んで、そのまま寝ちゃったんですか？」

日花里は持っていた荷物を置くと、テーブルの上を手早く片付けながら海翔に問いかける。

「――かり、は」

「え？」

「日花里は、どこでなにしてたんだ？」

海翔がうつむいたまま、かすれた声で問いかけた。

「どこでなにをって……メッセージ見てないです？」

日花里はキッチンでグラスを洗いながら、首をかしげる。

「だって、着替えてるし……朝帰りだし……」

海翔がなにかをつぶやいたが、水音でよく聞こえない。日花里は不思議に思いながらも、改めて説明することにした。

「昨日は南天百貨店でお買い物をして、その後は仕事が終わった真澄といつもの焼肉屋さんに行って、二軒目に真澄の行きつけのバーに行って……。真澄が泥酔しちゃったから、そのまま部屋まで送って、泊めてもらうというういつもの流れでしたよ。ほんとは帰りたかったんですけど、真澄のこと放っておけなくて」

若干言い訳めいた口調になったのは、やはり朝帰りが後ろめたい気持ちもあったからかもしれない。

（せめて夜は一緒に過ごせたらって思ってたんだけど……）

だがやはりあのまま真澄を置いて帰るのは無理だった。

日花里はそんなことを考えつつ、グラスをすすいで手をタオルで拭き、冷蔵庫から炭酸水を取り出しグラスに注いだ。口の中にひんやりとした刺激が通り抜けていく。

「はぁ……」

冷たい水にホッとひと息ついたところで、

「俺に隠してること、あるよな」

ソファーから海翔が声をかけてきた。

「えっ？」

いったいなんのことかと目をぱちくりさせたところで、海翔はソファーから立ち上がりずかずかとキッチンにまでやってくると、腕を伸ばしてキッチンのカウンターに手を突く。日花里の体は海翔とカウンターに挟まれて、身動きが取れなくなってしまった。

「……海翔さん？」

こちらを見つめる海翔の眼差しは、どこかくすんでいた。

日があたるとグリーンに見える彼の瞳が大好きな日花里は、ほんの少しの胸のざわつきを覚えながら海翔をまっすぐに見返す。彼はなにか言いたげに、何度か視線をさまよわせた後、唇を無言で引き結んだ。

（なにか隠してることって……なに？）

本当に心当たりがない。

（まぁ、あえて言うなら城崎くんにパーティーに誘われたこと……？　でもこれは隠してることではないし。海翔さんの了解を得てからにしようと思ってたことだけど……）

日花里は戸惑いながらも「えっと……」と口を開く。

「来週なんですけど、しろ――」

「そうじゃなくて」

海翔は凛《りん》とした声で、日花里の発言を遮《さえぎ》る。

「え？」

「……来週とか、そういうんじゃなくて」

海翔はそこまで口にしてから、重いものを吐き出すようにため息をついた。

「――もういい」

「え？」

「話したくないなら、もういい」

妙にきっぱりと言い切った海翔は拗ねたように日花里から目をそらしつつ手を引くと、そのままスタスタとマンションを出て行ってしまった。

ひとり残された日花里は、しばらくぽかんとその場に立ち尽くしていたが、バタンとドアが閉まる音がしてハッと我を取り戻す。

「えっ、どういうこと!?　なに!?」

日花里はわたわたしながら玄関に向かい、ドアを開けたがもうそこには海翔の姿はなかった。

「え……ええっ？」

全然意味がわからない。ぽかんと立ち尽くしていると、スマホにメッセージが届く音がした。

海翔に違いないと、慌ててリビングに戻りバッグからスマホを取り出す。

だがそこにはただ一言、

『実家に帰らせていただきます』

というメッセージが残されていて。

「は、は、はぁぁ～～～⁉」

広いマンションに日花里の絶叫が響き渡ったのだった。

＊＊＊

千葉《ちば》の鎌倉《かまくら》とも呼ばれる本八幡《もとやわた》駅で電車を降りた海翔は、ぶすくれた顔をしていても死ぬほど目立つい い男だった。

どこか畏怖すら感じさせるような不機嫌顔で改札を出てスタスタ歩いていても、いきなり見知らぬ女性から、

「あ、あの、お兄さん素敵ですね！　お茶でも飲みませんか！」

と早々に声をかけられるほどに。こういうとき、海翔は女性を邪険にできない。

面倒だなぁと思ってても無視なんてもってのほかで、

「ごめん、急いでるから。またね」

と、とびっきりの美しい笑顔を見せてあげるくらいの、サービス精神はあるのである。我ながら自分のそういうところが憎い。

それから約十分後には、海翔は実家の門をくぐっていた。藤堂家は千葉に古くからある旧家で、帰ってきたのは年始の挨拶以来だ。

「ただいま〜……」

海翔の実家はいわゆる和風モダンの大豪邸である。門をくぐってから玄関に向かうまでの小道はうねうねと蛇行《だこう》しており、左右には椛《もみじ》や美しい木々が丁寧に植えられている。広い敷地には母屋と離れが平屋で建っており、それらは長い廊下で繋がっていた。

「あらあら〜！　海翔さんじゃないですか〜！」

驚いたように海翔を出迎えたのは、家政婦である『雅子《まさこ》さん』だ。

割烹着姿が板についているが、彼女はアラカンのてきぱきしたシングルマザーで、海翔が物心ついたときからずっと世話になっていた。もはや第二の母と言ってもいい女性である。

「雅子さん、久しぶり。母さんいる？」

日花里と一緒にいたら嫉妬にかられてものすごくいやなことを口にしそうで、発作的に家を出たのだが、実家に向かったのは『なんとなく』だった。

家族の誰もいなければ、風呂だけ入って帰ろうと思っていたのだが、

「今日は長唄《ながうた》のお稽古ですよ。ついさっきお出かけになられました」

と、雅子は残念そうに首を振る。

「そっか。じゃあちょっと風呂借りるな」

海翔は靴を脱いで、スタスタと風呂場へと向かった。

その横をちょこちょこと歩きながら、背の低い雅子は軽く鼻に皺を寄せため息をつく。

「……お酒臭いですね」

「いやぁ～……お恥ずかしい」

結局いくら飲んでも気は紛れず、ただ深酒しただけである。

海翔は苦笑いしながらくしゃくしゃと髪をかき回し、バスルームへと向かったのだが、がらりとドアを開けて思わず叫んでしまっていた。

「な、なんだこれ！　風呂がガラス張りになってる！」

御影石《みかげいし》の床にヒバの香りがさわやかな浴室はなかなかにモダンでシックだが、海翔が知っている以前の浴室とは様変わりしていた。なにより外から丸見えである。

クローゼットからタオルを出しながら、雅子が笑う。

「去年、改装したんですよ～。庭に張り出すようになってて、夜なんかは庭木がライトアップされてとってもきれいなんですって」

「母さんの希望……？」

周囲は庭木に囲まれているし、実家の敷地はアホみたいに広い。だから覗かれる心配はないとは言っても、父も弟も、絶対に反対しただろう。そこに自分もいたら『いやだ』と言った自信がある。

「そうです。奥様のご希望です」

雅子はしっかりとうなずいた。

「まぁ、あの人の決めたことに男たちは逆らえないよな」

海翔は肩をすくめ、雅子に笑いかけたのだった。


頭から熱いシャワーを浴びた後、どぼんと熱い湯に浸かり、ぼんやりと窓の外を見つめた。

こうやって気持ちを落ち着かせていると、こみあげてくるのは自分を罵《ののし》るだけの、後悔の念ばかりだ。キッチンで海翔に追いつめられても、なおもきょとんとしていた日花里の顔が自然と目に浮かぶ。

(あれは嘘をついてる顔じゃない……本当に意味がわからなくて、困ってる顔だった)

そう、長い付き合いでそこまでわかるのに、海翔は『昨日一緒にいた男は誰なんだ』と聞けなかったのである。

「そもそも……俺に日花里をどうこう言う権利は、まったくないんだよな……ただ、歩いてただけだし……もしかしたら本当は知り合いでもなんでもなくて、あの男に道を聞かれただけかもしれないし？？？　なのに俺ときたら、頭がおかしくなりそうなくらい嫉妬して……」

我ながら若干苦しい言い訳だが、そう思うことでなんとか飲み込もうとしているのかもしれない。

「――はぁ」

海翔は深いため息をついて顔をざぶざぶと洗うと、

「実家に帰らせていただきますって、なんなんだよ……」

と、情けない声でつぶやく。

やはり自分は日花里に甘えているのだろう。駅で声をかけられたときもそうだ。二度と会わない赤の他人にはスパダリのようにいい男ぶれるのに、世界で一番大事な日花里に対して拗ねたり嫉妬したり、かっこよくないことこの上ない。こんなことを続けていれば、そのうち嫌われること間違いなしである。

(いやもうほんとダメだ。発作的に家を飛び出してきたけど、帰ったらすぐに謝ろう……。んで、あの男は誰なのか、ちゃんと聞いて……聞いて……?)

風呂のふちにもたれながら、海翔は唇を引き結ぶ。

(聞いたら教えてくれるのか？　でも日花里、俺に嘘ついた？　よな……森尾さんに会うって言ってたのに、若い男と一緒にいたし。森尾さんの家に泊まったって言ってたけど、それって本当なのか？　ニコニコ朝帰りしてきて……)

日花里が自分を裏切るはずがない。それは自信がある。

だがあれが浮気でなかったら？

本気だったらどうなる。

（結婚を日花里のご両親から反対されて……。だったら仕事で挽回するしかないって思ってたけど……それでご両親は俺を認めてくれるのか？）

そもそもなにをもって『挽回した』と言えるのだろうか。

わからない。なにもわからない。そしていくら考えたところで所詮は空想にしかすぎないから、思考が悪い方向にしか向かわない。

海翔は基本的にいやなことは秒で忘れられる男なのだが、日花里に関してだけは臆病で奥手な本命童貞になってしまうので、こうやって一度悩み始めると負のループに陥ってしまうのである。

「……いや、こういうのはよくないな」

海翔はじゃぶじゃぶとお湯で顔を洗うと、湯船から立ち上がった。

とりあえず今の自分は少し気分を変える必要がある。

風呂を出た海翔は、雅子が用意してくれた服に着替えてリビングルームへと向かう。久しぶりの実家のリビングは特に変わっていなかった。和風モダンの格《ごう》天井は見上げるほど高く、質実剛健を絵に描いたようなドイツ製の飾らない家具たちが、理路整然と並べられている。

海翔がソファーに腰を下ろすと、雅子がすぐそばの丸テーブルに氷がたっぷり入ったアイスティーを置く。

「雅子さん、ありがとう」

ストローを外してごくごくとそれを飲んでいると、

「ごゆっくりなさってください」

と言って、雅子はリビングを出ていった。

「はぁ……」

なにをするでもなく、ソファーに体をもたれさせてぼんやり天井を眺めていると、遠くからドタバタと廊下を走ってくる音が聞こえる。

何事かと顔を上げると同時に、ワンワン！　と犬の声が聞こえてきた。

「つみれ？」

つみれというのは藤堂家で飼われているワイマラナーという犬種の犬だ。ちなみにメスで海翔のことが大好きだ。母と一緒に出かけていたのだろう。

「ま〜〜〜ッ！　雅子さんの言う通りだったわ！　めったに実家に寄りつかない長男が帰ってきてる！」

母のアンナが目を吊り上げながらソファーまでやってくると、海翔の頬を両手で挟み込み、もみもみと撫でまわした。ちなみにつみれもソファーに飛び上がり、海翔の顔を舐め回し始める。

どうやら雅子は海翔が風呂に入っている間に、母に連絡したらしい。それで長唄のお稽古を途中で切り上げて帰ってきたのだろう。

「母さん、犬みたいに息子の顔揉《も》むのやめて……つみれも落ち着け。Sitz,Platz!」

海翔のコマンドを聞いて、つみれはハッとしたように真面目な顔になり、お座りから伏せを華麗に披露する。

　海翔はため息をつきつつ母にひとしきり揉まれた後、もういいだろうと彼女の手をつかんで離す。そして今度は床で臥せっているつみれを両手で撫でまわしながら「Fein!」とほめたたえた。

　そんな息子の様子を不満そうに眺めていたアンナは、海翔と同じ明るい茶色の瞳をぱちくりさせ、隣に勢いよく腰を下ろし、肘置きにもたれるように頬杖をついた。

「だって、あなたが帰ってきたの、いつだと思う？　クリスマス前に日花里さんを連れてきてくれたっきりよ」

「ああ……彼女の実家に帰る前な」

「日花里さんは心のこもった素敵なクリスマスプレゼントとカードを贈ってくれたけど、あなたはそれっきりだったわよね～。本当に薄情よね～……。ママのことを愛してないのかって、悲しくなったわッ！」

「いやいや、愛してるって。母さん、当然だろ」

　海翔は軽く体を起こすと、興奮して若干涙目になる母に軽くハグをする。

「それに年始も顔出したじゃないか」

「でもすぐに帰ったじゃないっ」

「この家、年始は客でごった返すから落ち着かないんだよ」

　藤堂家はいわゆる地元の名家である。江戸末期から明治時代の間、材木商として財を成したが、もともとは御典医の家系だった。ひいお爺さんは金持ちのボンボンの絵描きで、絵描きのくせして一枚も絵を売らずに生活したという伝説を持ち、戦前はこのあたりの土地はすべて藤堂家のものだったというのは、年寄りならだれでも知っている話だ。

ちなみに祖父は医者で父はドイツ文学の研究者で大学教授であり、母のアンナはドイツからの留学生で元教え子だ。年の離れた父にぞっこんべた惚れなのは母のほうであり、その関係は三十年以上経ってもいまだに変わらない。

そんなこんなで、晴れの日にはあちらこちらから客がたくさん押し寄せてきて、大変なのである。

「そういや、リクは最近どう？」

とりあえず話題を変えようと弟の名前を出す。

父はおそろしく無口で、母はその百倍おしゃべり。そんなふたりから生まれたのが、海翔と弟のリクだ。

「仕事はやりがいがあって楽しいみたいよ。あと突然お弁当作りにはまったみたいで、私とパパの分も作ってくれるの。すっごく上手なんだから～」

アンナはうふふと笑いながらスマホをバッグから取り出し、ＳＮＳを開いて見せてくれた。

母は料理教室やフラワーアレンジメントの教室を自宅で開いている。その写真の合間合間に、リクお手製のお弁当らしい写真がいくつも挟まっている。曲げわっぱのお弁当箱に彩りよくおかずとおにぎりが収まっていて、なかなかの出来栄えだ。

「へぇ……お弁当作り……あのでかい体で、ちまちまと弁当を詰めているところを想像するとちょっと笑えるな」

海翔は母に似た華やかな美人顔だが、弟のリクは父寄りで生まれる時代を間違った武士のようなたたずまいをした男だった。

子供の頃からサーフィンだ、やれスノーボードだと外で遊んでばかりだった海翔とは違い、七歳から剣道一筋で、大学卒業後は警察官になった。今は交番勤務の立派なお巡りさんである。ちなみに身長は百八十九センチで海翔より大きい。

親戚たちが海翔とリクを並べては『似てるけど、見れば見るほど似てないな……』と首をひねるような兄弟だった。

「あら、料理ができて困ることなんかないじゃない。あなたなんにもできないでしょう」

「それはそう……」

「日花里さん、なにがよくて付き合っているのかしら」

アンナは小首をかしげながら、不思議そうに眉をひそめた。

「それも、そう……」

母が自分を愛してくれているのは息子だからだとわかっているが、日花里は別に海翔を産んでいないので、本当によくわからない。

海翔が早く結婚したいと思う理由は、焦りも多分に含んでいるのだろう。捨てられたら困るので、なるはやで結婚して既成事実を作りたいのである。

「リクは根っからの真面目人間だもんな。あいつなら問題なく藤堂家の跡を継げそうだ」

顎のあたりを撫でながらそんな軽口を口にすると、

「長男はあなたでしょ」

と腕のあたりをバシッと叩かれる。

「いや～……俺よりもリクのほうがふさわしいと思うよ。俺はこんなだし」

もちろん両親や近しい親戚は、海翔のことを手がかかると言いながらなんだかんだと可愛がってくれているが、すべての人間に尊重されるような人間ではないのは、自分が一番よくわかっている。芸能人でもないのに年に数回は必ず週刊誌のお世話になっていたし、ネットニュースの話題にもなっていたのだ。

「ま～ッ、投げやりなんだから。あなたってちゃらんぽらんしながら、そういうところあるわよね。皮肉っぽくて厭世《えんせい》的っていうの？　ドイツのパパに似てるわ」

「俺、おじいちゃんのことだ～～いすき」

ニヤッと笑うと、アンナはけらけらと笑って、ぱっちりと大きな目を細める。

「まぁ、お前は昔から藤堂の家が窮屈《きゅうくつ》そうだったもんねぇ……」

母の言う通り、海翔は大学に入学するや否や家を飛び出し、カメラマンの伯父について歩いて世界を放浪したし、帰国後はマンションを自力で借りて勝手にひとり暮らしを始めたくらいである。

「実家が負担なら気にしなくてもいいのよ。周囲は跡取りだなんだってうるさいけど、そもそも継ぐってなにを？　って感じだし」

アンナはホホホ、と軽やかに笑った後、少し声を潜めるように、

「なんなら日花里さんを連れて、駆け落ちしたって構わないって思ってるんだから」

と、ビックリするようなことをささやいた。

海翔はそれを聞いてふっと笑って、首を振る。

「自分がそうしたからって、息子に駆け落ち勧めるなよな」

「そういうわけじゃないんだけど……」

アンナはしらばっくれたように首をかしげ、それからゆっくりと口を開く。

「厳しいことを言うようだけど、親の言うことはそれなりに正しいのよね。私も藤堂のおうちにお嫁に来てから、かなり苦労したし」

「――うん」

当時二十歳の学生だった母は、双方の両親に結婚を反対されるや否や、小さなアパートに暮らしていた父の部屋にトランクひとつで転がり込み、勝手に同棲生活を始めたのである。

父は当時のことをあまり語らないが（死ぬほど無口なので）、母や親戚の話を聞いた限りでは、いったいいつの時代だよ？　と尋ねたくなるような貧乏っぷりだったらしい（そもそも大学の講師など薄給なので仕方ないのだが）。

その後、海翔を授かりはしたものの、母が藤堂家の財産目当ての外国人と虐《いじ》められるのにブチ切れた父が、藤堂の本家を見限り妻子を連れてドイツに移住すると決断し、それから海翔は六歳までドイツでのびのびと祖父母と一緒に暮らしたのだ。

ちなみにあちらで日本語教師になった父は、もう一生日本には戻らないつもりだったらしいが、当主である祖父が病に倒れ、なんやかんやあって海翔を連れて帰国することになったのだとか。

おそらくその『なんやかんや』はあまり楽しくないことばかりだったのではないかと思うが、両親が話さないので海翔も追及はしていない。

「だからね、もう一度あれをやりなおせって言われたら、もう本当に勘弁してくださいって思うんだけど……それでも愛する夫と出会えない人生は、もはや私の人生ではないの。だから何度だって、たとえ苦労するとわかっていても、私は絶対にあの人を選ぶと思うわ」

そう言う母の顔は、五十を過ぎてもキラキラと少女のように輝いていて、ああこの人は今でも夫を心から愛し、ふたりで歩んだ人生を幸せだと思っているのだと、少しうらやましい気分になった。

「母さん、ありがとう」

年末、広島に行って以来結婚の話がまったく進まないことから、なんとなく察して励ましてくれたのだろう。

海翔のお礼の言葉に、アンナはうふふと笑い、

「いいのよぉ～。私、日花里さん大好きだもの。ぜったい娘になってほしい～！　うん、やっぱり

駆け落ちしないで！　できたら孫の顔も見たいし！」

と軽やかに言い放つと、息子の肩に腕を回してぎゅうっと抱きしめる。

「ねぇ、今日はうちに泊まっていくでしょ？　お父さん、明日誕生日なのよ」

「えっ、あっ、そうだっけ」

たまたま父親の誕生日の前日に帰ってきてしまったようだ。

海翔が目をぱちくりさせると、

「それで帰ってきたのかと思った！」

アンナはぷんすかと膨れながら、信じられないと言わんばかりに冷たい眼差しで海翔を見つめる。

「や、ごめん。マジでごめん。わかった。泊まっていくよ」

日花里にはとりあえず電話しよう。

そして謝って、拗ねてしまったことを謝ろう。

（んで、男が誰だったのか、聞かなくっちゃな……）

そんなことを考えながら、海翔は母の機嫌を取るために必死になったのだった。

＊＊＊

海翔が家を出て行ってから何度かスマホをチェックしたが、連絡はないままだ。実家に帰らせていただきますなんて、まるで夫の不実をなじる妻のようで腑に落ちない。

とりあえず仕事に行こうと、身支度を整えてROCK・FLOOR社に向かったが、海翔の姿はない。

PCを立ち上げて社内DBを確認すると、

『藤堂　千葉。出社×』

とだけコメントが残っている。

「千葉って……本当に実家にいるってこと……？」

日花里がはぁ、と深いため息をついたところで、隣のデスクに座っていた佐紀が、

「どうしたんですかぁ～？」

と首をかしげつつ顔を近づけてきた。

「うん……ちょっと」

「あっ、わかった。社長がまたなにかしでかした」

ぴっと指を立てて面白そうに佐紀が笑う。

「いやいや、そういうんじゃないのよ。ちょっと……最近生活がすれ違ってて……。なんかこう、お互いかみ合わないなって……そういうときって、誰にでもあるでしょ？」

我ながらだいぶふわっとした説明だな、と思うが、それ以上に説明のしようがない。

「あー……はいはい。ま、そういうのは恋人に限らず親しい人間の間では起こりうることですよね」

佐紀はふんふんとうなずきつつ、

「一緒に生活するって大変ですよね～。あたしはまだまだ無理だな。ひとり楽しすぎワロタですもん」

佐紀はそう言って、領収書の整理を始めた。

日花里も同じように事務作業に戻りつつ、海翔のことを考える。

（やっぱり一緒に過ごさなかったから怒ってるのかな？　でも城崎くんだって忙しいし、真澄の都合もあるし、どうしても昨日じゃないと空いてなかったんだから、仕方ないと思うんだけど……）

そこまで考えて、ふと手が止まった。

（いや、問題はそこじゃない。そもそも最近の私たち、生活がすれ違っている以上に、圧倒的にコミュニケーション不足なんだ……！）

結婚のために海翔が仕事を頑張ってくれているのはわかるが、その結果すれ違っていては、本末転倒としか言いようがない。

（そう、そうなのよ……！　忙しいのもふたりのためだから私はなんにも言えなくて、ただ海翔さんの帰りを待つだけで……だから私、ずっともやもやしてたんだ～！）

心の奥のざらつきの正体がわかって、ほんの少し胸が軽くなった。

（なるべく早く、海翔さんと話し合おう。結婚のために頑張るなんて、やめようって話をしよう！）

それからしばらくして、海翔から『今からちょっと話せる？』とメッセージが届いた。

まさに渡りに船だ。いや、以心伝心なのかもしれない。

ちょうど社外におつかいに出ていた日花里は、歩きながら慌ただしく電話を掛ける。

「――海翔さん？」

『あ、日花里……』

耳に響く海翔の声は甘く低く、それだけで胸の奥がきゅんと締め付けられる。

彼の『実家に帰ります』に腹を立てていたはずなのに、しゅるしゅるとそんな気持ちが落ち着いていく。

（だめだわ、私海翔さんに弱すぎるのかも……）

何度か深呼吸をした後、日花里は口を開く。

「あのですね、海翔さんにちょっと話したいことがあって。すごく大事なことで……」

『ああ……うん。俺も話したいことがあったんだ』

そう言う彼の声は柔らかく、日花里は彼も同じことを考えていたのかもしれないと、少しだけ気が楽になる。ホッとしつつ日花里は先に口を開く。

「私たち、最近ちょっとすれ違ってますよね」

日花里がはっきり口にした瞬間、海翔はスマホの向こうで緊張したように息をのみ、それから低い声で『それは俺も感じてた』と答える。

やっぱり、と思う気持ちと、彼もそう感じていたのなら、もう話は早いなと日花里は自然と笑顔になっていた。

「だからもう、やめませんか？」

『──え？』

「私たちの結婚のために、海翔さんが身を削ることはないと思うんです。だからもう、そういうこと全部やめましょう！」

そう、やめるのだ。結婚のために努力してふたりでいる時間が減るなんて、どう考えてもおかしい。それならもう結婚なんてしなくていい。

日花里は結婚したいのではなくて海翔と『一緒にいたい』だけなのだから。子供が欲しいと思う気持ちはあったが、とりあえずそれはもう少し考えてからでもいいはずだ。

『──』

スマホの向こうで、海翔がかすかに息を震わせる気配があった。

『……うそ、だ、ろ……？　だからあ、いつ、と……』

「え？」

ちょうど日花里の隣を女子高生たちがきゃっきゃとはしゃぎながら通り抜けていく。

なにか海翔が言ったような気がしたが、聞こえなかった。

「海翔さん？」

スマホを耳に押し付けたが、そのままぷつん、と通話が切れる。

「あれっ？」

電波の状況が悪いのだろうか。日花里は慌ててかけなおしたが『電源が入っていない』というアナウンスが流れるばかりである。

「――充電が切れちゃったのかな。まぁ、ちゃんと伝えられたし、いっか！」

日花里はニコニコと笑ってスマホをバッグにしまい込むと、軽やかに職場へと戻っていったのだった。

土下座してでも

その日の夜、日花里は両手にスーパーの買い物袋を持ったまま、海翔と暮らしているマンションへと戻った。

「ただいま～っと」

大荷物の中身は、生鮮や青果、ワインなど、海翔とゆっくり過ごすことを考えて購入した食材である。

「海翔さん、何時に帰ってくるかな～」

買ってきた食材を鼻歌交じりで冷蔵庫に詰め込みながら、壁にかかっている時計を見上げる。時計の針は夜の八時を回っていたが、海翔から連絡は来ていない。

（まぁ、遅いとは聞いてなかったから、そのうち帰ってくるでしょ）

日花里はそんなことを考えつつ、さっそく料理に取り掛かった。

「ローストビーフに、トマトのサラダ……パエリア……あと、スープがあればいいかな」

ローストビーフはできたてもおいしいが、翌日サンドイッチの具にするのが海翔は好きだった。

せっかくだから明日お弁当にして、持って行ってもらってもいいかもしれない。

「なんだか奥さんみたいじゃない？」

きゃぴ、とはしゃぎながらも、頬が緩む。

「そうよね……こんなに簡単なことだったんだ」

大事なことは海翔と穏やかな気持ちで一緒にいることなのに、結婚することを目的にしていたから、気づけなかった。急いては事を仕損じるというが、やはり経験から基づく先人の知恵なのだろう。

「まぁ、お父さんのことは長期戦でやっていくしかないか……」

日花里はそう自分に言い聞かせて、すっかり肩の荷が下りた気でいたのだが――。

「帰ってこない……」

日花里はソファーでごろりと横になり、スマホを握りしめる。

窓の外はとっぷりと日が暮れている。

『海翔さん、今日も遅いんですか？』

『気持ちも新たにしたくて、いろいろ料理も用意したんですけど』

だが日花里のメッセージは既読にすらならなかった。

（忙しいのかな……）

普段はどれほど忙しくてもメッセージくらいは送ってくれていたので、少し心配になる。

うとうとしながらあくびをかみ殺したが、どうにも眠気が押し寄せてきてたまらない。昨日は真澄の家で寝たので、やはり睡眠時間が少なかったのだろう。

(や、ここで寝るのはまずい……あぁ、でも、眠い……)

持っていたスマホがごとん、と床に落ちる音がしたが、日花里はそのまま眠りに落ちていた。

＊＊＊

持てる勇気を振り絞って自宅のマンションのドアを開ける。リビングの明かりはつけっぱなしだった。橙色《だいだい》のあたたかな明かりの下で、日花里がソファーに横になって眠っていた。

「寝てる……」

海翔は少しほっとしたように息を吐き、それから日花里の体をそうっと抱き上げて寝室へと向かう。途中、ダイニングテーブルの上にご馳走が並んでいるのが見えて、心臓のあたりがズキッと痛くなった。

(あれが『俺たちの……お別れのための料理』ってことなのか……)

ちらっと見ただけで、海翔の好きなメニューばかりだとわかって切なくなる。

「こんなときでも、俺のことを考えてくれるんだな」

海翔は苦笑しつつ、ぐっすり眠る日花里の体の上に毛布をかけると、ベッドのふちに腰を下ろして日花里の頭を撫で始めた。

『私たち、最近ちょっとすれ違ってますよね』

『だからもう、やめませんか？』

『私たちの結婚のために、海翔さんが身を削ることはないと思うんです。だからもう、そういうこと全部やめましょう！』

日花里の言葉がぐるぐると海翔の頭の中で、回っている。

全部やめる。

（なるほどな……俺に見切りをつけたから、あの男と……）

考えてみれば、結婚を反対されてから日花里は海翔を責めることは一度もなかった。仕事ですれ違う日々が続いても、文句ひとつ言わなかった。

きっと日花里の気持ちは、徐々にすり減っていたのだろう。

「俺が甘えてたんだ……指輪くらいで、繋ぎ止められるなんて……」

そして海翔はバッグから指輪を取り出し、日花里の薬指にはめると、その手の甲にキスをする。

最高級の大粒ダイヤが真ん中に輝き、周囲をルビーが取り囲んだ実に華やかな婚約指輪だ。

日花里から電話がかかってきたあのとき、海翔は指輪をオーダーした宝飾店にいた。ようやく彼女に渡せると思い、仲直りをするにもちょうどいいタイミングだと思いながら連絡をしたら、逆に日花里に別れを告げられてしまい、海翔は何も言えないまま、電話を発作的に切断してしまったのである。

「日花里……」

名前を呼ぶだけで、胸がぎゅうっと締め付けられて苦しくなる。

(気が狂いそうなくらい、日花里が好きだ。好きだ、好きだよ……)

日花里の小さな手のひらにキスをした後、自分の頬に押し付ける。

『海翔さん！』

ニコニコと笑って海翔の頬を包み込んだこの手も、もう自分のモノではなくなったのだと思うと、吐き気がこみあげてくる。

(どこの誰なんだよ、あいつ……)

海翔は唇をかみしめて、穏やかに眠る日花里を見下ろす。

「お前は俺のモノじゃねぇのかよ……」

そうっと日花里の顔を両手で包み込み、顔を寄せて口づける。

日花里の唇はふわふわと柔らかく、海翔にあつらえたかのようにぴったりで、何度も唇を重ねていると、まだ自分たちが恋人同士のような気がして、余計辛くなった。

「ん……かいと、さん……？」

夢を見ているのだろうか。

日花里が長いまつ毛を揺らしながら目を開けようとしたので、海翔は慌てて日花里の目元を手のひらで覆った。

「いいから。おやすみ」

優しく声をかけ、それからゆっくりと手を離すと日花里の目は閉じられていて、すやすやと穏やかな吐息が聞こえてきた。

(面と向かってさよならされたら、もう耐えられねぇよ……)

海翔はゆっくりとベッドから腰を上げて、後ろ髪を引かれるように寝室を出て行ったのだった。

＊＊＊

翌朝。七時ちょうどにカーテンが自動で開き、射し込んでくる太陽光で日花里はゆっくりと目を覚ます。ソファーで寝たはずなのにベッドにいる。

「海翔さん……?」

隣に眠っているはずの海翔に向かって手を伸ばしたが、手ごたえはなかった。

「いない……」

ゆっくりと体を起こし、まぶたをこすったその瞬間、左手の薬指にきらりと光る指輪を発見して、日花里は一気に覚醒《かくせい》した。

「指輪……指輪っ!?」

ダイヤモンドが中心に輝く婚約指輪は、ゼラニウムに似た赤いルビーが周囲を取り囲んだ、非常に美しい指輪だった。

「うわぁ……きれい……！」

三十年近く生きてきて、具体的にダイヤが欲しいと思ったことはなかったが、こうやって朝日に照らされてきらきらとプリズムを放つ指輪を見ていると、素直に心が弾む。

日花里は、ほわぁ……と声にならない声をあげながら何度も手を左右にふったり、ひらひらさせたりしてその輝きを堪能した後、ベッドから下りて周囲を見渡した。

「海翔さん……？　いないの？」

指輪がはめられている以上、彼は一度帰ってきたはずだ。

念のためバスルームまでチェックしたが、やはり海翔の姿はなかった。

「仕事が忙しいのに、わざわざ戻ってきてくれた……ってこと？」

ソファーで寝ていた日花里を見て、ベッドまで運んでくれたのだろう。

ふと、夢うつつの中で彼とキスをしたことを思い出して、日花里の頬がぽわぽわと赤く染まっていく。

『いいから。おやすみ』

そう言ってささやいた彼の甘い声。唇の感触。

愛されている喜びが、日花里の全身を包み込み、一気に目が覚める思いだった。

「きゃ――――っ……！」

日花里はその場でぴょんぴょんと跳ねながら、今、世界で一番幸せな人間は自分に違いないと、確信したのだった。


指輪が立派すぎて、さすがに仕事につけていくのははばかられたので、素直にドレッサーにしまい込んだ。その代わり、いつでも眺めてニヤニヤしたいのでスマホで写真を撮りまくった。ウキウキスキップしたい気持ちで仕事に向かい、あまりにも上機嫌すぎて会社に着いたら、一番乗りだった。


コーヒーを淹れ、近くのパン屋さんで買ったサンドイッチで朝食をとっていると、

「町田さんおはよ」

と、霧生が姿を現す。

「おはようございます」

世間には重役出勤という言葉があるが、ＲＯＣＫ・ＦＯＯＲ社においてはその限りではない。霧生はいつも朝が早いのである。

そして彼はフロア内をきょろきょろと見回した後、

「海翔は一緒じゃないんだ？」

と首をかしげた。

「昨晩、真夜中に帰ってきたみたいですけど、朝起きたらいなくなってて」

「ふぅん……まぁ、昨日は実家に帰ってたみたいだからな〜。また戻ったのかもな。てか、海翔は明日から台湾《たいわん》だっけ？」

「あ……そうなんです。あちらで大ヒットしたゲームの日本語版を出すんですよね。出張はひとりですか？」

「そう。もちろん仕事と契約の場ではちゃんと通訳がつくけどね。あいつ、最近中国語も勉強してただろ？」

「そういえばラジオで勉強してました」

ソファーに寝転んだ海翔が、テキストを片手に真面目に中国語の勉強をしていた姿を思い出し、こくりとうなずく。

「通訳がいるからいいんだって思わないんだよな。そういう努力を惜しまないところ、素直に感心するよ」

「……そうですね」

日花里はなんだか自分まで褒められているような気がして、はにかみながら微笑んだ。

(ほんと、海翔さんって努力家なんだよね……)

そして本人はそれを努力しているとは思っていないのがすごいところだ。

ふと、年始に挨拶に行った藤堂邸のことを思い出す。

海翔の父は大学教授で明治の文豪のような雰囲気のある、重厚な男性だった。対して母親のほうは、海翔は母親似なんだなとわかるような美貌で、日花里もたじたじになるほどのフレンドリーな女性であった。

(弟さんはお仕事で会えなかったけど)

彼は警察官でクリスマスや年末年始は忙しいらしく、いまだに会えていない。海翔曰く『修行僧みたいな感じ』と言っていたので、おそらく父親似なのだろう。

なんにしろ、海翔が日花里を連れて『結婚するから』と挨拶したときも、ご両親は大歓迎で、まったく不安になることはなかった。

それはきっと、海翔が常日頃家族に日花里の話をしてくれていたからだ。

(私ももっと、海翔さんの話を家族にしていればよかった……)

マスコミが好き勝手に作り上げた藤堂海翔ではなく、彼を見つめ続けていた日花里が、藤堂海翔はこういう人なのだと自分の言葉で話していれば、両親にも海翔の人となりを知ってもらえたのではないのだろうか。

(いや、今からでも全然遅くない。何年かかってもわかってもらえるよう、話をしなくっちゃ)

そう決意したところで、ふとノゾムの件を思い出した。

(そうだった、海翔さんに伝えなきゃ……!)

昨日はバタバタしてすっかり忘れていた。日花里はスマホから海翔にメッセージを送る。

『ＳＬＡＰの城崎くんに頼まれたんですけど、来週彼と一緒にパーティーに参加してもいいですか？　一緒に行けるお友達がいないらしくって』

しばらくしてメッセージは既読になり、『ＯＫ』の文字が飛び跳ねるスタンプが返ってきた。

それを見た日花里はパッと笑顔になり、即座にノゾムにメッセージを送る。

『パーティー、行けることになりました』

そのメッセージは即座に既読になり、

『言質《げんち》取りましたからね～！　めっちゃ助かります！』

と元気よく返事が返ってきた。

「あっ、そうだ。真澄にも連絡しなくちゃ」

参加するのは合コンではなくパーティーだ。

気合を入れて着飾ってもらおうと、日花里はふんふんと鼻息荒く真澄に連絡を取る。

実家に戻った海翔がリビングで、

「俺に許可なんてもう必要ないだろ……いや、ＳＬＡＰなら仕事だからか……業務連絡……ははは」

と、笑っているのか泣いているのかわからない態度で天井を仰いでいることなど、まったく想像する余地もないのだった。

それからあっという間に日にちは過ぎ――。

「や〜〜〜ッ、素敵ッ！　完璧！」

真澄は目をキラキラと輝かせながら、ドレス姿の日花里を見つめる。

日花里は南天百貨店内の高級メゾンの試着室で、真澄が選んでくれたドレスを身にまとい、鏡の中の自分を見つめた。

「たしかに……すごいわね……」

真澄が選んでくれたのは、海外ブランドのボートネックの、半袖のギピュールミディドレスだ。レースが生地の上に盛り上がるように仕立てられていて、華やかで上品な装いである。

髪は緩やかにアップにして、顔周りの計算されたおくれ毛ですら色っぽい。さすがプロだとしか言いようがない。もちろんメイクもプロにお任せして、鏡の中の日花里はどこからどう見ても完璧な美女だった。

「でも背中空いてるの、ちょっと恥ずかしいな……」

海外のセレブならノーブラなのかもしれないが、日花里はバストにボリュームもあるのでバックオープンブラジャーをつけている。

照れ照れしつつ鏡の前で背中を確認すると、真澄がニヤニヤしながら背筋をつうっと指でなぞった。

「ひゃっ！」

日花里が悲鳴をあげると、

「いやいや、本当に素敵だって。その指輪に負けてないでしょ」

と、からかうように日花里がつけている婚約指輪を指さした。

「あ……うん、そうだね」

今日はつけてもいいだろうと、薬指に海翔から贈られた婚約指輪をはめている。日花里はそうっとその手を抱きしめて、海翔への思いを強く新たにしていた。

「社長さんは海外出張だっけ？」

「うん。今日の夜に帰ってくるはず……なんだけど」

指輪を貰ってから、日花里はもう一週間近く海翔と顔を合わせていなかった。

いつもは電話くらいするのだが、メッセージひとつ送ってこないので、よほど忙しいのだろう。出張先は海外ということもあり、日花里も気を使って特に連絡はしていない。

「じゃあ今日、見せてあげられるじゃん！」

真澄がはしゃいだように声をあげる。

「……そうだね。家に帰ってもこのままでいて、見てもらおうかな」

いつもの日花里なら即座にメイクを落として部屋着のスウェットに着替えるところだが、ここまで美しく着飾った自分はやはり海翔に見てもらいたい。

日花里はえへへ、と笑いながら、うなずいた。

「そういえば城崎くんはどうだった？」

「素敵だったよ～。日花里と並んでもなんら遜色《そんしょく》なし」

真澄はグッと親指を突き出して妙に真面目な表情になる。

「そっか……よかった」

それから日花里は南天百貨店のエントランスでタクシーに乗りこみ、パーティーが行われる予定のホテルへと向かうことにした。

時計の針は午後の六時前をさしている。窓の外は少しずつ日が落ち始めていた。

（志穂さん、どう思うかな。真澄は褒めてくれたし、私も自分史上最高にきれいにしてもらったって自覚はあるけど、着飾ったところで一般女性だからなぁ……）

果たしてノゾムの予定通り、やきもちをやいたり焦ったりしてくれるだろうか。

タクシーの中から窓の外を見つめつつ、ぼんやりと考える。

（海翔さんに憧れて、社長になった志穂さん……。人間的にどうかと思うところはあるけど、社長としての手腕は本当にすごいのよね）

そもそも幼馴染のノゾムを手伝い始めたとき、彼女はお金になると思ってやり始めたわけではないはずだ。

（憧れの人が私みたいな凡人と一緒にいるから、腹が立った……？）

それは海翔に対する侮辱でもあると、賢い彼女は本当に気づかなかったのだろうか。

本当に彼女は、ノゾムのことをなんとも思っていないのだろうか。

「……わかんないな」

ぽつりとつぶやく日花里の言葉は、大通りのクラクションにかき消される。

（志穂さんって、どっかちぐはぐなんだよね。本当の彼女は、どんな人なんだろう？）

それからしばらくして、タクシーはホテルの正面入り口に到着した。

スマホでノゾムに到着した旨を送りながらタクシーを降り、エントランスに足を踏み入れると一瞬、空気がざわめいた気がした。

なんだろうとあたりを振り返ると、

「町田さん！」

と、遠くからひとりの青年が駆け寄ってくるのが見えた。

「えっ、ええっ、うそ、城崎くん!?」

日花里は茫然としつつ、ノゾムを見上げる。パーティー仕様の彼はびっくりするほど素敵だった。

光沢のあるブラックスーツはよく見ればクロコダイル柄になっていて、シンプルな白いシャツと黒のネクタイが合わさってインパクトがすごい。しかもツーブロックの髪はきっちりと編み込まれて、まるで海外アーティストのようだ。頭のてっぺんからつま先まで、どこを見ても完全におしゃれ上級者である。

「すごいねぇ……ちょっと、いやだいぶ見違えたよ！」

だがそれはノゾムも同じだったようで、着飾った日花里を見てうっすら頬を染めつつ、「や、日花里さんだって……す、す、すごく、きれいです」と照れたように頬を染めていた。

そうやってしばらくの間、お互いを褒めあっていたモテから程遠いふたりだが、なぜか周囲から注目されていることに気が付いて、顔を見合わせる。

「ちょっと目立ってるみたいだから、行こっか」

「あ、はい。そうですね。中身が外見についていってないから、バレてるのかも」

ふたりでそそくさとパーティー会場へと向かった。

上階へ向かうエレベーターを待ちながらノゾムに問いかける。

「今日のパーティーってどんななの？」

「アメリカの大富豪のパーティーですよ」

「大富豪」

「相当なオタクらしくって。日本のゲームやアニメにかなり造詣《ぞうけい》が深いんです」

「へぇ～……」

よくよく聞けば、ホテル内のスイートルームがある階をワンフロアすべて借り切った上で、百人ほどゲストを呼んでいるらしい。

「スイートルームを貸し切るならまだしもフロア全部？　んで、ゲストが百人？」

ひええと怖気づく日花里だが、ノゾムは笑って肩をすくめた。

「とても気さくな人ですよ。うちも出資してもらってて」

「Vチューバーまでカバーしてるの？」

到着したエレベーターに乗り込みながら問いかけると、ノゾムはこくりとうなずいた。

「そうなんです。てかSLAPは日本だけじゃなくて、英語圏のほうもわりと賑わってるんですよ」

「英語圏……へぇ、すごいのねぇ……」

「英語圏のトップVチューバーは、スパギフだけで年間一億近いんじゃないかな」

「いちっ……？」

ノゾムの発言に日花里は目が飛び出そうになった。

スパギフというのはスーパーギフトの略で、I・tubeの動画内でリアルタイムで行うことができる投げ銭のことだ。Vチューバーにコメントを拾ってもらえたりするので、ファンはリアルタイムで推しと繋がれる喜びで、ついつい課金してしまうのだという。

「まぁ、スパギフはプラットフォームが三割持っていくし、事務所を通すんでアクターの手に渡るのは三割くらいですけどね。それでもうちは所属タレントには企業案件を回すし、ボイスも販売するし、歌も出すしコンサートもやるし、世界中でマネジメントもやるんで、損はさせません。だからSLAPでデビューしたい、所属したいって子は多いですよ」

「へぇ～……」

以前、なんとなくのノリで海翔に『うちでもやらないんですか？』と聞いたことがあるが、やはり簡単にできることではないようだ。

「奥が深い世界なのねぇ」

そんなことをしみじみ話していると、どうやら目的の階に到着したようだ。エレベーターの扉が左右に開くと同時に、わっと人の歓声が聞こえる。

高そうな絨毯が敷き詰められた廊下に出てみると、開け放たれたドアを多くの人が出入りしていた。

「わぁ……」

日花里がぽやーっと周囲を見ていると、ふたりに気づいた人たちが、

「あれ誰かな?」

とささやきあうのが聞こえた。じっと見ていると、女子は明らかにノゾムを見て「カッコいいッ」と言っているようだ。

よしよし、と思いながらも、日花里はノゾムの腕のあたりをつかんで、ささやく。

「そういえば志穂さんはもう来てるの?」

「多分……」

ノゾムが緊張したようにうなずいた。いくら着飾ってイケてる風になったとしても、根っこの部分はやはり不安なのだ。

(彼に必要なのは、自信だわ……)

日花里はきりっと唇を引き結び、ノゾムの腕にいきなりしがみつく。

「わっ、町田さんっ？」

ノゾムがあからさまにうろたえたが、日花里はさらに腕に力を込めて彼を見上げた。

「志穂さんに見せつけてやるんでしょ……！」

「あっ……そうだった」

ノゾムが不安そうな顔から、すうっと引き締まった表情になるのを見ながら、

「よし、行きましょう」

日花里は力強くハイヒールの一歩を踏み出したのだった。

＊＊＊

台湾のホテルをチェックアウトした海翔は、ぼんやりしたままスーツケースを引っ張り、エントランスでタクシーに乗り込んだ。

仕事はうまくいった。気落ちするようなことはなにひとつなかった。

（でも、今頃仕事がうまくいったからって、もう意味ないんだよな……）

空港に向かうタクシーの中で、持て余すように足を組み、胸元からスマホを取り出して日花里とのメッセージのやりとりを開く。

『ＳＬＡＰの城崎くんに頼まれたんですけど、来週彼と一緒にパーティーに参加してもいいです

か？　一緒に行けるお友達がいないらしくって』

この問いかけに海翔は『ＯＫ』とスタンプで返した。

海翔の中で、城崎の印象はだいぶ薄い。志穂が前へ前へと出てくるタイプだからか、彼はそんな志穂をさりげなくフォローしている朴訥な青年だ。

なぜあの男と日花里が一緒にパーティーに？　と思ったが、恋人でもない自分が反対する理由はないし、わざわざ海翔に了承を得ようとしたことから『これは仕事の連絡なんだな』と飲み込んだ。

（そう、仕事なんだ……日花里がほかの男とどこに行こうが、仕事で……俺の嫉妬心なんか関係なくて……）

それから海翔は搭乗手続きを淡々とこなし、飛行機に乗り込んだ。

なにも考えなくても体は自動的に動く。

仕事。

仕事だから――。

ふと、かつての日花里とのやりとりが海翔の脳内に蘇る。

志穂から猛烈アプローチをされたときも、雑誌に掲載されたときも、海翔は日花里にそう説明した。

『仕事だから、それ以上の意味はないから』と。

海翔の言い訳を聞いて、気にしていませんよと、日花里は笑ってうなずいた。

(でも……俺はやっぱり、そういう価値観を、仕方ないからって日花里に押し付けていたんじゃないか？)

昔から何度も写真に撮られているから。否定もせず肯定もしない、他人にどう思われようが別に構わない、むしろちょっとばかり会社の宣伝になったかもな、なんて笑って流していた。

だが日花里は間違いなく嫌な気持ちになったはずだ。

海翔にその気がないとわかっていても、あんな記事を書かれて悔しかったはずだ。

なのに海翔は『仕込み記事だろうな』と思ったにもかかわらず、志穂に直接抗議することもなく、仕事相手だからとスルーしていた。

(結婚しても、こんなことが続くようだったら……それは日花里に我慢を強いることになってた……？　なのに俺はそれを当たり前のように……受け入れていて……)

その瞬間、頭のてっぺんにぴしゃりと雷が落ちたような気がした。

日花里のご両親が海翔との結婚を反対したのも、そういう未来が見えたからではないだろうか。

そうだ。いくら仕事を頑張ったって意味はない。そんなことよりも大事にするべきことはあった。

結婚が目的になってから、隣にいる日花里と過ごす時間をおろそかにして、我慢を強いてばかりだった。

そしてこれから先も、仕事だからと受け入れることを選んでいたのだ。

「俺は、馬鹿か……？」

声にならない声で海翔はつぶやく。

慣れとは恐ろしいものだ。自分はこういうものだからと当たり前のように受け入れて、それを他人にも強要してしまう。

「――」

海翔は何度も息をのみ、それから手のひらで口元を覆う。

(だめだ。やっぱり、だめだ。日花里のいない人生なんて、耐えられない……!)

無理無理無理。絶対無理。

(そう言えば今日が、パーティーだったか……?)

台湾と東京の時差は一時間だ。

帰国したらその足ですぐに日花里を迎えに行こう。

(土下座してでも、日花里によりを戻してもらうしかない……! あいつの人のよさにつけ込んでやる……!)

海翔は飛行機の中で、死ぬほどかっこ悪く決心したのだった。

俺というものがありながら

パーティーは案外楽しかった。参加者はどこの誰かわからないが皆身なりがよく、フレンドリーでご機嫌だ。ＤＪブースではアニソンがかかっていたし、ボードゲームで遊ぶ人もいるし、大きなスクリーンで、コーラ片手に格闘ゲームで遊んでいる部屋もある。

アメリカの富豪のパーティーだと聞いて、ドラマや映画にありがちな、あやしげなお薬やアルコールが入り混じったちょっぴりあぶなそうなパーティーを想像していた日花里は、拍子抜けしたくらいだった。

「富豪って、女性だったのね」

ノンアルコールのドリンクを飲みながら隣のノゾムに声をかけると、

「そうですよ」

とうなずいた。

「まぁ確かに、海外から来る富豪のパーティーって、ドラッグとかセックスとか派手なことしてるイメージあるし、実際そういうのもありますけどね。陰キャの僕がそんなのに参加するわけないじゃないですか。なによりそんな怖いところに、町田さんを連れて行きませんよ」

「あはは……だよね」

日花里は苦笑しつつ、部屋の中を見回す。

この部屋の奥にはビリヤードの台があって、わいわいと盛り上がっている。

「志穂さん、いないね」

「前の仕事押してるのかも。欠席はないと思うんですが……」

ノゾムはスマホを見て、軽く肩をすくめた。

しょぼんとうつむくノゾムがなんとなくかわいそうで、日花里は彼の背中を慰めるように撫でる。

一緒に買い物に行ってから、日花里の中ではノゾムは完全に弟枠になっていて、なんとか彼の気持ちが成就したらいいのにと思ってしまった。

「ね、ちょっと連絡してみたら？」

「そうですね。電話してきます」

ノゾムはこくりとうなずいて、スマホを握りしめたまま部屋を出て行った。

（じゃあ私は、なにか食べ物でも……）

部屋の端のテーブルにはシェフがずらりと並んでいて、ローストビーフを切り分けたりしている。

（お肉だぁ……！）

日花里はウキウキしながらそちらに向かったのだが、

「ちょっとよろしいですか」

と、唐突に声をかけられた。

「はい？」

振り返るとそこには三十代くらいの身なりの派手な男性が立っていた。

どこかで会った人だろうかと首をかしげたところで、男性はにこやかに微笑みながら「いやぁ、こんなところで我が目を疑うような美女にお会いできるとはね！」と、日花里の腰に手を回してきた。

（？？？？？？？？）

なんで？　とクエスチョンで頭がいっぱいになる。

「あっちで話そうか」

目を丸くしているところで、男性はぺらぺらと意味のなさそうなセリフを吐きながら（彼の言葉はまったく頭に入らなかった）、どこかに連れて行かれそうになってしまった。

「え、あの、ちょっと」

日花里はたどたどしく身をよじりながら、体を引く。

「すみません、連れがいるので」

「じゃあゲームで遊ぶ？　カードは好き？」

「や、いえ……あの」

じゃあ、とはなんだ。

連れがいると言っているのに、まったく聞いていない。

「あっ、俺ビリヤード得意だよ。俺のショット見たらきみも惚れちゃうかもね」

男はパチンとウインクして、それから日花里の肩を強引に抱いてビリヤード台へと向かう。

(いや〜〜！　なんなのこの人〜〜！！！！　城崎くん、どこ〜？？？？)

一応、ここにはSLAPの城崎の連れで来ている。騒いでパーティーの雰囲気を悪くしたくない日花里は、きょろきょろと周囲を見回した。

だが次の瞬間、

「おい、ちょっと待て」

懐かしい、声がした。

アッと顔を上げた瞬間、日花里の体が引き寄せられる。

ふわりと鼻先に、男らしいウッディな香りが漂った。ジューシーな果実の香りとスパイス、そしてコニャックに似た香り。

「かっ……海翔さんっ!?」

そう、そこにいたのは海翔だった。

確かに今日台湾から帰国すると聞いていたが、なぜ彼がここにいるのだろう。

「海翔さん、どうして……？」

ぽかんとしつつ尋ねると、彼はどこか思いつめたような表情で日花里を見下ろした。

「俺というものがありながら……」

「え……？」

「俺というものがありながら、ほかに目移りなんて絶対に納得できない。だから、来たんだ」

「えっ、えええっ……!?」

目移りと言われて日花里はぽかんと口を開ける。

（目移り？？？　ど、ど、ど、どういうこと……？）

唖然としていると、海翔に横入りされた男は、顔を真っ赤にして叫んでいた。

「きみ、どこの誰だか知らないが、横入りは無礼だぞ！　紳士とはいえない所業だ！」

「紳士、ねぇ……」

ふーんとうなずいた後、唇の端をにやりと持ち上げた海翔は、ビリヤード台にちらりと目線を向けた。

「じゃあ、あれで勝負と行こうか。紳士らしく、な」

海翔は完全に悪役のような顔でにやりと笑い、目の前の男に言い放ったのだった。

「ナインボールでいいな？」

自称紳士は棒《キュー》を二本受け取り、一本を海翔に差し出しながら問いかける。

「ああ」

海翔は着ていたジャケットを脱ぎ、椅子にかけてキューを受け取った。

ナインボール。白いボールの手玉で九つの的球を数字の一から順に穴に入れていき、最後の九を入れたときだけ得点になる。穴に的球を入れられればゲームは継続、穴に入らなければプレー交代だ。

ジャケットの下はラフなシャツだったが、ベルトではなくサスペンダーをつけていた。背中でXになった、ショルダーホルスタータイプだ。上半身にぴったりと張り付いて、海翔のたくましいスタイルを露わにしている。

彼は小脇にキューを挟んだまま、袖口のボタンを外し肘までまくりあげる。

上品でありながら野性味あふれるその様子は、一気にこの場にいる女性陣の目をくぎ付けにした。

「ね、あの人素敵じゃない？」

「ほんと、ビリヤード見に行ってみましょ！」

気が付けばビリヤード台の周辺には、多くの観客が集まり始めていた。

「一応言っておくが、僕は去年の関東B級戦の優勝者だ」

紳士の言葉に、海翔はやんわりと微笑む。

「へぇ……それはそれは」

とはいえ、まったくすごいと思っていなそうな顔だ。

（海翔さん、大丈夫なの……？）

日花里はハラハラしながらテーブルを見守る。

海翔がビリヤードが得意だなんて、今まで一度も聞いたことがない。学生時代、サークルの飲み会の二次会で遊んでいるのを遠目に見たことはあるが、その程度である。

「きみは経験があるのかな？」

「祖父の家にビリヤード台があったのでよく遊んでましたが、試合なんてとても」

海翔がそう答えるや否や、紳士はフッと鼻で笑って肩をすくめた。

「オッケー。じゃあ君にハンデをあげよう。先行だ」

海翔は一瞬おやっと目を見開いたが、ふっと笑って、

「ブレイクを譲ってくれると？　太っ腹ですね。お気遣いに感謝します」

改めてキューを右手に持ちテーブルの前に立った。

（海翔さん……）

日花里が見守る中、海翔はゆっくりと左足を半歩踏み出し、上半身を倒してテーブルに左手をつく。

テーブルの上の左手はキューを支えるブリッジだ。小指の先まで優雅に開かれ、ぴたりと止まった。彼の目線の先には、数字が刻まれたカラフルな的球がきれいに並べられている。

（うぅ……息が止まりそう）

文字通り、心臓がドキドキして、破裂しそうだった。

誰が呼びかけたわけでもないのに、しんと空気が静まり返る。

男も女も関係なかった。海翔のことを知らない人だって、一目で彼に魅入られていたのではないだろうか。

ゆっくりと右肘を引いた次の瞬間には、キューが突き出されていた。

白い手玉がカァァアン！　と音を立てて跳ね、いっきに的球がブレイクする。

的球は四方八方に飛び跳ね、なんと九つのうち三つの球が穴に入ってしまった。

「えええええっ！」

パーティー会場がどよめく。それもそうだろう、ブレイクで三つも入れてしまったら、残りは六つだ。

「や……素人のラッキーだな」

紳士は震えながらそうつぶやいたが、海翔はキューの先を指先で確かめながら切れ長の目を細めると、そのまま軽く首を回す。

「どうも」

そしてにっこりと笑うと、そのままテーブルの上に身を乗り出し、キュー先の一点に視線を集中させる。

その様子があまりにも絵になって、日花里ははわはわと震えていた。

(か……か、かっこよすぎませんか……!?)

カァン、カァン!

まったくぶれずためらわず、ワンショットごとにチョークを塗りながら、まるで踊るようなモーションで次々に的球を穴に落としていく。

そしてあっという間に九つのボールすべてを落としてしまった。

だが海翔はとくに大喜びすることもなく、キューの先をチョークでなぞりながら、続けますよ、と口にする。

最後の9ボールをポケットに落とすことで海翔に一点が入る。

気が付けばやじうまのひとりが、格闘技ゲームをやっていた画面にスマホでスコアを表示し始めていた。

1—0

2—0

3—0

4—0

5—0

海翔は九つの球すべてをミスすることなく落としていき、点数を伸ばしていく。

まるで球が自らの意思で穴に吸い込まれているようにしか見えない。

ナインボールはミスで相手にターンを譲らないようにするのがゲームの醍醐味《だいごみ》だ。

攻撃権は海翔がミスをするまで相手には回らない。相手はただ一方的に点差をつけられる。

海翔がテーブルの周りを歩くたび、目をハートにした女子たちが正面から見たいと移動して、彼がテーブルに上半身を伏せると、「はわ……」と声をあげた。

ちなみにテーブルの高さは約八十センチで、海翔の股下より低い。テーブルに寄りかかっているだけで、死ぬほど絵になるのである。

気が付けば、フロアは藤堂海翔の独壇場になっていた。

そうして海翔が十点取ったところで、一度は入りかけた球がすべり出て、初めてミスをした。

海翔はかすかに目を細めたが、テーブルの横で棒立ちになっている紳士に顔を向ける。

「どうぞ。あなたの番ですよ」

「あっ……ああ」

紳士の顔色は悪く、完全に真っ青だった。

(それもそうよね……あんなの見せられたら……私だって同情しちゃうわ)

そして案の定、彼は三点ほど取ったところでストレスがピークに達したらしく、ちょっとしたミスを犯して、攻撃権がまた海翔に戻ってしまった。

海翔は時折額の汗を腕で拭いながら、球を落としていく。

そして9ボールを鮮やかにポケットへと落とし、二十点目を獲得したのだった。

20―5
「先に二十点取った！」

観客がわぁぁっと声をあげる。

「俺の勝ちだ……！」

海翔はようやく満足したように、華やかな笑顔になり、腰のあたりで小さくガッツポーズを決めた。

相手の男はがっくりとうなだれていたが、海翔は片手を差し出し、

「対戦ありがとう」

とさわやかに微笑む。

そして海翔は額に落ちた前髪をかきあげながら、日花里をどこか思いつめた様子で振り返った。

「日花里」

台湾から帰ってきたばかりの、この会場で唯一ラフな格好をしていた海翔は、それでもこの会場の中で一番輝いていた。

「海翔さん……！」

日花里は大興奮しながら海翔に駆け寄っていた。

「えっとなんでここに？　ってびっくりしたけど、すごかったですっ！　海翔さんビリヤードすっごくうまかったんですね〜！」

「そんなのどうでもいい」

「え？」

次の瞬間、海翔はキューをビリヤード台の上に置いて、日花里の手首を乱暴につかんで引き寄せる。

こちらを見下ろす海翔は、今にも泣き出しそうな、そんな空気があった。なにかあったのだろうか。

「海翔さん？」

だがそこで、

「町田さ〜〜ん！」

と、ノゾムが人々をかき分けて駆け寄ってくる。彼も頬が上気している。きっとこの勝負をどこかで見ていたのだろう。

「あ！」

日花里は彼に応えるように手を上げる。そんな日花里の視線を海翔が追いかけて、ノゾムの姿を発見すると瞳孔が開いた。ビリヤードをやっていたとき以上の獣の眼差しだ。

「町田さん……！」

ノゾムは小走りで駆け寄ってきつつ、日花里と海翔の顔を見比べてニコッと微笑んだ。

「あの――」

「お前か……」

海翔が獣のうなり声に似た声を絞り出す。

「ポッと出のお前に、日花里は渡さない！」

「え？」

ノゾムがぽかんとした顔でその場に立ち尽くす。

海翔は日花里の肩をぎゅっと抱き寄せたまま、目じりを吊り上げた。

「いいか？　こちとら学生時代含めて、八年もずっと片思いしてたんだよ！　それがようやく実って、やっと結婚できると思ったのに、なんか反対とかされちゃって！　まぁ確かに俺みたいなしょっちゅう騒がれてる男と一緒になって、日花里が幸せになれないなら、日花里のためを思えば身を引くのが正しいかもしれねぇけども！　でもさ、でも、無理なんだよ！　やっぱり、俺は彼女なしの人生なんて、考えられないいんだッ！　たとえ親兄弟に反対されようと、絶対に、絶対に、絶対に！　俺は日花里から離れられない！　日花里、結婚してくれ！　そして俺から日花里を奪おうとするやつには勝負を挑むぞ！　よし、まずお前だ！　日花里が欲しいなら俺と勝負しろ！！！！」

海翔のめちゃくちゃな叫びに、周囲から人が集まってくる。

「ねぇ、あれ、ROCK・FLOORの藤堂さんじゃない？」

「きゃ〜〜ッ！　謎の美女をめぐって三角関係？」

「素敵〜〜！　私も衆人環視の中プロポーズされた〜〜い！」

「イケメンに奪われた〜〜い‼」

女性たちはお芝居でも見ているような雰囲気で、きゃあきゃあと黄色い悲鳴をあげながら、目を輝かせていた。

「さ、三角関係……？　プロポーズ？？？」

日花里は目をぱちくりさせながら、海翔とノゾムの顔を見比べる。

なぜこんなことになっているのか、さっぱりわからないが、なぜか海翔の中では自分たちは別れているようだ。

（なんで……？）

唖然としているのは日花里だけではない。

ノゾムもようやく海翔の発言が自分に向けられていると理解したらしく、

「いや、あの……そうじゃなくて」

としどろもどろに口を開いた。

「なにがそうじゃないんだ？」

海翔があ〜ん？　と悪い顔をしながら高いところからノゾムを見下ろす。

（大変！　誤解を解かないと……！）

意味がわからないが、これはなんだか話がずれてきた気がする。たぶん海翔はノゾムがノゾムだと理解していないし、しかも日花里が彼と浮気していると思い込んでいる。

「あの、海翔さんちょっと待って、それで私の話を聞いてくださいね。彼は――」

日花里はノゾムと目配せをしあいながら、ふたりがかりでなんとか海翔を説得しようと試みる。

「そう、藤堂さん、僕です！　僕ですよ!?」

「は？」

海翔がどんどん凶悪になっていきつつ、眉を吊り上げた次の瞬間、

「嘘でしょ、ノゾム……！」

絹を切り裂くような女性の悲鳴が周囲に響き渡った。

（また誰か来た……！）

日花里がひぃぃぃと身を縮めたところで、ひとりの女性が人の輪を押しのけて三人の間に飛び込んできた。

「志穂さん……！」

そう、声の主は豊永志穂だった。

オーガンジーのドレスに身を包んだ志穂が、海翔も日花里も目に入っていないと言わんばかりの顔面蒼白で、ノゾムに向かって体当たりする。

「どういうこと、なんで、なんで町田さんなの!?　もしかして巨乳だからなの!?　やだ最悪！！！　ノゾムの馬鹿っ！　こんな女にデレデレするなんて許せない！　あんただけは、あんただけはあたしのこと好きでいてくれないとダメなのに！　他の女に目移りするくらいなら、しねしねしねしね

――――！」

突然乱入し、はちゃめちゃな悪口を言い放つ志穂に、日花里と海翔は一瞬言葉を失った。

（ちょっとやきもちやかせよう作戦だったのに……これはもうかなり効いているのでは……？）

日花里は目をぱちくりさせながら、暴言を吐きまくる志穂を見つめる。

だが志穂の発言を聞いた海翔が、

「え、ノゾムって……城崎くん……？」

と、首をかしげた。

海翔の言葉に、日花里はやっとわかってもらえたと胸を撫でおろす。

「そうです、海翔さん、城崎くんなんですっ！　彼も私と同じで、真澄に頼んで全身コーディネートしてもらって……うんとおめかししてきただけで、別にそれだけで意味はないです！」

「は？　おめかしって、なんのために？　そもそもなんで日花里が……」

今度は海翔が意味不明という顔になる。

「ええっとその……彼は私と同じなんです。ダサい自分には彼女は釣り合わないと思ってて……。だから私、なんとかしてあげたいと思って……」

日花里は、ちょいちょいとふたりを指さした。

「見てください」

日花里の言葉に、海翔は無言で視線を向けた。

彼らは日花里も海翔も、周囲の人間もまるで目に入っていないようだ。

「——ノゾム、嘘だって言ってよッ！」

志穂が悲痛な声で叫ぶ。

「なんで……なんで今更そんなこと言うの？　志穂ちゃん……藤堂さんのこと、追っかけてたじゃん……僕のことなんて、どうでもいいんでしょ？」

ノゾムが半分呆れたように目を伏せる。

信じたい気持ちと、信じられない気持ちの間で、感情が振り子のように揺れているのが見ているだけで伝わってくるようだった。

「確かに藤堂さんのこと追っかけてたよ！　彼は憧れだもん！　あんないい男のこと嫌いな女はいないじゃんっ！　一緒にいたら優越感に浸れるから、ごっこ遊びでただ楽しんでただけだもの！　でもあんたは違うでしょ！　あたしから離れちゃダメなんだってば！」

わあわあと泣きながらノゾムの胸を拳で叩いている志穂の両肩を、ノゾムはつかんで引き離すと、

「えっと……僕が特別だってわかってびっくりするやら嬉しいやら……だけど。でもさ、ごっこ遊びって……志穂ちゃんのその『お楽しみ』で、おふたりに迷惑かけたってわかってる？　それはだめだよ。許されないよ」

と、かなり厳しい顔になった。

その瞬間、志穂は苦虫をかみつぶしたような表情になる。

「別に犯罪犯したわけじゃないし……ちょっとしたジョークでしょ」

「ジョークって……。志穂ちゃん、そんなこと言って反省もしてないの？　てか、さっきの発言、町田さんにとっても、とっても、失礼だったよ。僕、ドン引きしてるし。きちんとここで謝りなさい」

「えっ、や、やだっ！」

志穂がいやいやと首を振ると、ノゾムは切れ長の目を細めながら、

「やだって……いつまでそんなこと言うの？　僕たちはもう十年前とは立場が違うんだ。それでも大人になりたくないなら、もう勝手にしたらいいよ。僕が好きになった幼馴染の志穂ちゃんがもうここにいないんなら、もう僕は志穂ちゃんに付き合えないし、仕事もやめるだけだから」

ときっぱりと言い放ったのである。

その瞬間、志穂は雷に打たれたように体を震わせると、

「うそ、やだ……嫌わないで、のぞむ……うぅ〜……」

志穂はえぐえぐと泣きながら、日花里を振り返って深々と頭を下げる。

「もっ、もうしわけ、ありません、でしたっ……藤堂さんに勝手に憧れてたから、町田さんが気に入らなくて、意地悪しましたっ……！」

彼女が引き起こした問題を考えると、意地悪じゃすまないいんだよなぁ、と思ったが、日花里はその言葉を飲み込んだ。

ここで許さないと言ったところで、ＳＬＡＰとの仕事は続くのである。だったらここで『貸しひとつ』にしたほうが、今後のためにもいいだろう。

「いいですよ、許してあげます。週刊誌の記事はそちらできっちり訂正してくださいね。あと、自慢したいって理由で海翔さんを連れまわすのもやめてください。彼はアクセサリーじゃないので」

日花里はにっこり笑って、それからまだすべてを飲み込めていないらしい海翔の腕をつかみ、

「海翔さん、おうちに帰りましょう」

と、微笑みかけたのだった。


そうして――帰りのタクシーの中ですべての答え合わせをしたところで、海翔は耳まで真っ赤にして頭を抱えていた。

「嘘だろ……俺てっきり日花里はほかの男に乗り換えたんだって思い込んで……だから頑張るのやめようって言われたとき、もう俺との付き合いをやめたいんだって思って……」

正直言ってこんな海翔を見たのは生まれて初めてだった。

「ごめんなさい、海翔さん。でも私も、まさかそんな斜め上の勘違いされてるなんて思わなくて」

うつむいた海翔の背中を撫でながら、日花里は苦笑する。

「海翔さんが身を引いた気分でいたなんて、全然気づきませんでしたよ。指輪を貰って毎日浮かれまくってたし……海翔さんにこのドレス姿見せたいなとしか思ってませんでしたし」

「うぉぉぉ〜〜……」

海翔はうなり声をあげながら、日花里の膝に頭をのせていつまでも打ちひしがれていた。

「もうだめだ。あのパーティーのメンバー考えたら、秒で噂が回ってる。動画撮ってるやついたし、だせえ男だって言われてるよ。世間の笑いものだよ」

死んだほうがマシとつぶやく海翔だが、日花里はえへへと笑っていた。

「そうですか？　私はすっごいカッコいいと思いましたけど」

「――」

「全然、情けなくなんかないです。海翔さんはやっぱり私のヒーローです」

慰めるように海翔の頭を撫でていると、海翔がふっきったように顔を動かし日花里を見上げた。

「ほんとに？」

「はい」

「そっか……じゃあ、いっか。俺はお前にだけカッコいいと思ってもらえたら、それでいいしな。俺のダサさが世間に広まれば、変な噂もたたなくなるだろ。ハハ！」

「……そうですね」

正直空元気だと思ったが、仕方あるまい。

「そういえば、なんであんなにビリヤードうまいんですか？　ちょっと上手とかいうレベル超えてましたよね」

するとと海翔はほんの少し考え込んだ後、ぽつりとつぶやく。

「ドイツのほうのじいさんが、プロなんだ」

「えっ⁉」

「正確に言えば元プロ、だな。二十代で世界チャンピオンにもなってる」

「ええええっ⁉」

「三十五でやめて、稼いだ賞金を元手にドイツで知り合った日本人留学生のばあちゃんと一緒にレストランやって。儲かったところで隣にパブ作って、そこでビール飲みながらビリヤード教えてたんだ」

「それで、海翔さんも？」

「ああ。三歳くらいから手取り足取り教えてもらってたよ。俺にとっては楽しいゲームだったけど」

「そっかぁ……人生って、ほんとたくさんの経験の積み重ねなんですね」

当たり前のことだが、愛する人ですらまだまだ知らないことはたくさんあるらしい。

日花里はふふっと笑いながら、窓の外に目を向ける。

「海翔さん、きれいな月ですよ」

「――ほんとだな」

「こんなの、何年かしたら笑い話になります」

「それって……ずっと一緒にいてくれるってこと？」

そう尋ねる海翔の声は、かすかに甘さを含んでいて。

「もちろんです。だめだって言われても離れませんから」

そう、日花里の望みは海翔とずっと一緒にいること。

どちらが先に死ぬかなんてわからないが、息が止まる最後の瞬間まで、そばにいたい。ただそれだけだ。

「俺たちの家に帰ったら、とりあえず一緒にお風呂に入ってくれよな」

「入りましょう」

「洗いっこもするぜ」

「いいですね。新しいシャンプーを買ったので使うの楽しみです」

うふふと笑う日花里を見て、海翔はゆっくりと上半身をもたげると、ほんの一瞬、触れるだけのキスをして。

「そうだよな。俺というものがありながら、日花里はよそ見なんかしないよな」

と、ようやく満足げに微笑んだのだった。

これからもふたりで

大騒動からぴったり一週間後。志穂とノゾムが菓子折りを持って謝りに来た。

特に志穂はめちゃくちゃ反省したらしく、日花里に深々と頭を下げて、

「数々のご無礼をお許しください」

と土下座せんばかりの勢いだったので、日花里は笑って許すことにした。

正直、出回ってしまった噂だとかそういうのはもうなかったことにはできないが、彼女のそばにはノゾムがいる。これからは志穂の手綱をしっかり握ってくれるはずだ。

ちなみに海翔は志穂に振り回されているときから、自分は彼女にとって派手なアクセサリーに過ぎないと思っていたらしい。

「だって、どこにいても俺と話す内容は『ノゾムはすごい』『ノゾムならこうした』だぜ。ああ、特別な存在なんだろうなーって思ってたよ。だから俺にだって、すぐ飽きるだろうって気にしてなかった」

「そうだったんですか……」

ふたりを見送った後、社長室でそう言われて日花里はあっけにとられてしまったが、最初から海翔の気持ちを疑うことはしていなかったので、すんなり飲み込めた。

「それでさ。ちょっとこっち来てほしいんだけど」

海翔は大きな椅子に座ったまま、体を左右に揺らしながら日花里を手招きする。

「えっ、会社ですよ？」

日花里が怪訝そうな顔をすると、

「いや、真面目かよ。ちょっと見せたいものがあるだけ」

「はい」

小さくうなずいて海翔のもとに行くと、腕をつかまれて強引に膝の上に乗せられた。

「もうっ！」

「いいから、ちょっとだけ」

海翔はクスクス笑いながら片手でマウスを動かし、大きなパソコンに動画サイトであるTickTack《チックタック》の画面を開いた。

「動画サイトですか？」

日花里は身を乗り出してディスプレイを覗き込む。

TickTackはI・tubeとはまた別の、誰でも容易に音楽を組み合わせてショート動画が投稿できると評判の動画サイトだ。会員数は世界中で十億人、バズったことで有名になるアーティストやクリエーターも多い。

「これ」

海翔が真顔でとある動画をクリックすると、流行りの音楽に合わせて、なんと海翔のビリヤード動画が流れ始めた。

「えっ、えええええっ⁉」

三十分ほどの激闘がうまく編集されて数分に収まっており、まるで短編映画かミュージックビデオのようである。

そして見事勝負に勝った海翔は、最後に腰のあたりでガッツポーズをし、次の画面で、

『いいか？　こちとら学生時代含めて、八年もずっと片思いしてたんだよ！　それがようやく実って、やっと結婚できると思ったのに、なんか反対とかされちゃって！　まぁ確かに俺みたいなしょっちゅう騒がれてる男と一緒になって、日花里が幸せになれないなら、日花里のためを思えば身を引くのが正しいかもしれねぇけども！　でもさ、でも、無理なんだよ！　やっぱり、俺は彼女なしの人生なんて、考えられないんだッ！　たとえ親兄弟に反対されようと、絶対に、絶対に、絶対に！　俺は日花里から離れられない！　日花里、結婚してくれ！　そして俺から日花里を奪おうとするやつには勝負を挑むぞ！　よし、まずお前だ！　日花里が欲しいなら俺と勝負しろ！！！！』

という例のアレが差し込まれ、ポップな音楽とともに終わっていた。

「な……なんですか、これ」

「これ作ったの、あの場にいた映画監督らしい」

海翔がチベットスナギツネのような顔をして、ぽつりとつぶやく。

「は？」

「アップされたのは昨日だけど、すでに大バズりしてる。この動画自体は二百万再生されて、俺のところめちゃくちゃ切り抜かれて、女子高生たちが俺のプロポーズに『はい喜んで♥』って受け入れてラブいダンス踊ってる」

「えっ？？？」

ネットに疎い日花里には彼がなにを言っているのかさっぱりわからないが、海翔曰く『藤堂海翔がネットのおもちゃになってる』ということだった。

「今日あたりたぶん、取材依頼とかじゃんじゃんあると思う」

「あ……じゃあお断りの準備を」

そわそわしつつもそう言ったところで、海翔は日花里を膝にのせたままゆるゆると首を振った。

「いや、断らなくていい。ほのぼのニュース的に扱ってくれるとこは全部受けるから、スケジュールと相談して決めといてくれるか」

「……どうして、ですか？」

今までその手の取材は一切無視してきたはずだ。すると海翔は切れ長の目を細めてふっと笑う。

「これまでさんざんいいように言われてきたんだ。一回くらいは、俺がネットを利用したって構わないだろ?」

「――それって」

そして海翔は日花里に向かってにこり、と微笑んだ。

「世界中のやじうまが証人になってくれたんだ。俺がお前を愛してるって……なにがあっても離れたくないって思ってるって。ネットのバズなんて、せいぜい一週間もすれば世間は忘れるけど、そのくらい利用させてもらってもいいと思うんだよな」

「……っ……」

視界がじんわりとにじんで彼の顔が見えなくなる。

だが海翔が自分をどんな目で見てくれているか、日花里はもう知っていた。

海翔がゆっくりと日花里の頬に手を伸ばし、眼鏡を外す。

「愛してるよ、日花里。幸せになろうな」

「っ、あ、はいっ……海翔さん」

日花里が泣きながら笑ってうなずくと、そうっと唇が重なる。

職場でこういうことはしちゃいけないんですよ！　といつもの自分が耳元で叱責していたけれど、今日は目をつぶってもらうことにした。我ながら自分本位である。

桜が少しずつ散り始める春――。

「そういえばそろそろ、お父さんの誕生日じゃないか？」

夕食後のお茶を飲みながら、海翔がふと思い出したようにソファーから上半身を起こした。

「あっ、そういえばそうだった！」

日花里は海翔の隣でスマホを手に取り、通話アプリを開いて母にメッセージを送る。

『お父さんそろそろ誕生日だよね。なにか欲しいものとかある？』

毎年、お酒やお肉や洋服や雑貨などを送ってきたが、そろそろネタ切れだ。

母に父が欲しがっているものをさりげなく聞いてもらおうと思ってメッセージを送ったのだが、すぐに母から折り返し電話がかかってきた。

「もしもし、お母さん？」

『あぁ、日花里ちゃん。今話せる？』

「うん。大丈夫だよ。仕事終わって家にいるし」

ちらりと隣に座っている海翔を見て、えへへと笑う。

あれから海翔はやみくもに実績を増やすのをやめ、仕事の量を少し調整して、週の半分は夜も一緒に過ごせるようになった。日花里の作る手料理を食べ、一緒にお風呂に入ってその後はイチャイチャするのがいつもの流れである。

（いやもう、海翔さんがあまあますぎて、溶けちゃいそうなんですけど……）

日花里はほわわと頬を染めつつ、背筋を伸ばして母との会話に集中する。

「それで、なにか欲しいものはあるって？」

『お父さん、ちょうど還暦になるでしょう？　だからちょっとしたお祝いの席をねぇ』

「あっ、還暦！　そうだった〜！」

日花里はソファーから立ち上がり、その場をうろうろと回りながら「ごめん、うっかりしてた！」と声をあげた。

「そうだ、よかったらふたりで東京に来ない？　どこかよさそうなホテルを取るし、お祝いする会も素敵な場所を選ぶから」

考えてみたら、両親が東京に来たのは日花里が学生のときに数回程度で、東京観光などはしていない。なんならこの機会に有休をとって、両親を案内してもいいかもしれない。

我ながら名案だと日花里はうふふと笑いながら、隣の海翔に目を向ける。

「海翔さん、お休み取れそうですか？」

「ああ、もちろん」

海翔がうなずき、日花里の手を取り背後から抱き寄せる。

日花里はすっかり慣れた調子で彼の膝の間に座り、母の返事を待ったのだが――。

『――どうして他人を連れてくるんだ？　還暦のお祝いをしてくれるのは嬉しいけど家族だけで会うものだよ』

どうやらスピーカーにしていたらしい。嫌味っぽい父の言葉が聞こえてきて、日花里は頭から冷や水をかけられたような気分になった。

「……」

一緒に耳を傾けていた海翔が、一瞬息をのんだのがわかった。ウエストに回った海翔の手が、体を強張らせた日花里をなだめるようにとんとん、と優しく撫でる。

だがそんな海翔の優しさが、余計に日花里の怒りに火をつける。

「お父さん」

『ん？』

「……お父さんが、そんな意地悪を言う人だとは、思わなかった」

押し殺した声がリビングに響く。

「お父さんが心配してくれてたの、わかってたけど……でも、今のはないよ。海翔さんにすごく失礼だし、私のことも侮辱してるんだよ！」

口を開けば、どんどん言葉があふれてくる。

怒りのせいか目の前がチカチカして見えて、日花里は何度も息を飲み込んだ。

『ひ……日花里ちゃん？』

おっとりした日花里の普段と違う返答に、電話の向こうの父が動揺し始める。

「悪いけど、当分お父さんとは話したくない。連絡してこないでください。じゃあ」

そして日花里は通話をプツッと一方的に切断すると、そのままスマホを握りしめて膝に顔をうずめてしまった。

「……うぅ……ウッ……フグッ……」

「日花里」

嗚咽《おえつ》を漏らす日花里を見て、海翔は一瞬目を見開いた。

「ごめん、なさいっ……海翔さんっ、ごめんなさいっ……」

抱えた膝の中で、日花里はぽろぽろと涙を零す。

「お父さんがあんなこと言うなんてっ……」

「日花里が謝る必要なんかないよ。なによりも大事な日を、娘と家族水入らずで過ごしたいだけなんだろう」

海翔がそうっと日花里を抱きしめ、丸まった背中に頬を寄せる。

日花里の家族に寄り添おうとする海翔の優しさが、今は逆に辛い。

「でもっ……娘が結婚したいって言ってる人を前に、家族じゃないなんてッ……うぐっ……ひぃ、ひっ、ひどいじゃないですかっ～～……！　もうお父さんなんか知りませんッ！　着信拒否しますっ!!」

結局、行き違いのほとんどはコミュニケーション不足のせいだ。

結婚だって、いつでも籍を入れようと思えば入れられるがもう急ぐつもりはなかった。だからその間に日花里は海翔と会わせて、徐々に海翔の人となりを見てもらえばいいと思っていた。

そう、思っていたのだ。

いつか、必ずわかってもらえると――。

日花里はべそべそと泣きながら顔を上げると、スマホを操作して父のメッセージアプリアカウントをブロックし、電話番号も着信拒否をした。

それを見て海翔は非常に渋い顔になったが、今はしくしくと子供のように泣き続ける日花里のフォローのほうが大事だと自分の中で判断をつけたのか、正面から日花里を抱きしめて、そのまま柔らかい髪に指を入れ、優しく撫で続ける。

「あんまり泣くと目が溶けるぞ」

「うぐ……」

「ほら、顔を上げて」

海翔は日花里の頬を両手で挟むと、そうっと持ち上げて涙が落ちた眼鏡を外し、それからしょぼしょぼしているまぶたにキスを落とす。

「お父さんの着信拒否、明日には解除してあげて」

「――」

「こら、プイッとするな。子供かよ」

海翔はアハハと笑い、そのまま日花里を両腕で抱きしめると、

「プリンもう一個食う?」

とカラメルよりも甘くビターな声で問いかける。

「フグッ……アイスがいいっ……」

申し訳ないなと思うと同時に、甘えた気分になりながら、ゆるゆると首を振った。

「わかった。じゃあ買ってくる」

「いっしょに、いぐ……ッ……」

「じゃあ顔洗ったほうがいいな」

「ンッ……」

べそべそしている日花里はこくりとうなずくと、そのままフラフラした足取りで洗面台へと向かっていく。

リビングに残された海翔は、テーブルの上に置かれた日花里のスマホを見下ろし、少し考え込むように唇を引き結んだのだった。


それから時折母から『お父さんを許してあげて』とメッセージが届いたが、『無理』と答えてそれっきりだ。

日花里だって父のことは大好きだし仲良くしたいが、愛する人を侮辱されては黙っていられない。

父には心底反省してほしい。

(ほんと、当分許さなくていいわ。ＧＷも海翔さんとゆっくりしよっと!)

そんなことを考えながらぱちぱちとキーボードを打っていると、

「週末、お花見やりまーす。参加の有無はSlackにお願いしまーす」

佐紀がフロアにいる人間にそんなことを伝えながら、隣に腰を下ろす。

「お天気は大丈夫そう？」

「一応、予報的にはＯＫです」

佐紀が指で丸を作りながら、ニコッと笑う。

お花見は金曜の昼間からやって日が暮れる前に解散となる。お酒は出ないが、バドミントンをしたりカードゲームで遊んだりと、大人がそこそこ集まってワイワイするのが案外楽しく、社内でも楽しみにしている人間が多いイベントだった。

「佐紀ちゃんは？」

「もちろん行きますよ～！　バドミントン大会で優勝すると豪華景品もらえますもんっ！　日花里さんは？」

「うーん……仕事してるかな」

「ええ～……！」

佐紀がつまらなそうに唇を尖らせたが、

「私のことは気にせず楽しんできてね」

日花里は笑って首を振ったのだった。

そうやっていつも通りに仕事をして迎えた金曜日。

「じゃあ行ってきまーす！」

「はーい、行ってらっしゃい」

お花見メンバーがケータリングの料理や遊び道具を持っていそいそと出ていく姿を見送り、日花里はまたデスクに戻って仕事を始める。

（別にお花見行ってもよかったんだけど……）

桜を見てもあまり楽しい気分になれる気がしなかったので今回は断ったが、父をブロックしてからずっと、気分は落ち込んだままだ。

（このままでいいわけじゃないし……話し合わなくちゃいけないんだけど）

日花里は伝票を整理しながら唇を引き結ぶ。

フロアには日花里以外誰もいない。別に今日する必要のない仕事をもくもくと端から片付けていると、視界の端に何かが横切るのが見えた。

つられるように窓の外を見ると、桜の花びらである。街路樹に植えられた桜が強い風に吹かれて飛んできたらしい。

日花里は立ち上がり、空気を入れ替えるために窓を開けた。

「いい天気……」

人と車の行き来のせいで渋谷の空気は年々悪くなっているという。

使われる炭素も桁違いで、大気汚染が叫ばれて久しい。ROCK・FLOOR社はシブヤデジタルビルの二階にあり、少し前からもう少し上階に移動するか、いっそ本社を移転するかという話も出てきている。

（でも私は、ここが好きなんだよねぇ……）

そんなことを考えながら、ぼんやり外を眺めていると、

「日花里？」

と遠くから声がした。

ん？　と下を見下ろすと、なんと海翔が手を振っている。

「あ、海翔さ……えっ……えええええっ⁉」

窓枠をつかみ、日花里は階下を見下ろして絶叫していた。

「なんで、ふたりがいるの⁉」

そう――。

なんと海翔は日花里の両親を伴っていたのだ。

応接スペースに通された両親は、そわそわした様子で部屋の中を見回していた。

日花里は両親の前に煎茶をふたつ置き、お盆を抱えたまま両親の前に座っている海翔を見下ろす。

「海翔さんがわざわざ東京まで連れてきたんですか……」

思わず子供のようにぶすくれてしまったが、彼は笑って首を振る。

「いいや、お父さんとお母さんが会いに来てくれたんだ」

「えっ……？」

驚いて両親を見ると、父は明らかにしょんぼりと気落ちして肩を落としていた。

「お父さん、なんか疲れてる……？」

日花里の言葉に、母がうんうんとうなずく。

「お父さん、一気に白髪が増えたの」

そして慰めるように父の肩をぽんぽん、と叩いた。

「えっ……」

すると父はじわ〜っと顔を上げ、眼鏡の奥の瞳を細めた後、深々と頭を下げた。

「ごめん！」

いきなりの謝罪に日花里は目を見開く。

「お父さん……」

そこで海翔が無言で日花里の手を引いて、ソファーの隣に座らせてくれた。

「あれからお母さんにも叱られたけど……日花里の言う通りだ。お父さんはすごく意地悪だったよ。本当にごめん」

そして父は顔を上げて、海翔に向き合った。

「去年うちに来てくれたとき……本当は、直前まで反対するつもりはなかったよ。でもやっぱり日花里ちゃんが藤堂さんをすごく……すごく、大事に思っているのが……なんか急に、怖くなったんだ」

そこで母が父をフォローするように口を開く。

「藤堂さんに振られたら、日花里ちゃんが立ち直れないくらい傷つくだろうって」

そこで海翔がふっと笑って、首を振った。

「そのところ、お父さんもお母さんも勘違いされてるんですけど、振られるとしたら彼女じゃなくて俺のほうなんですよ。俺が早く結婚して、既成事実を作りたかったんです」

「えっ、そうなの？」

両親が驚いたように顔を見合わせる。

「お父さんとお母さん、一貫して私が振られる前提なのよね……まぁ、それが世間一般の見方ではあるんだけど」

日花里がトホホと苦笑すると、海翔がアハハ！　と大きな口を開けて笑う。

「もうっ、笑わないでください」

日花里は海翔の肩をバシバシと叩き、それからしょんぼりした父と母の顔を見つめた。

「お父さん、謝ってくれたから、許してあげる」

ちょっぴり偉そうに言ったのは、そのほうが父も受け入れやすいと思ったからだが、その瞬間、感極まったのか父の目からだば――――っと大粒の涙が零れる。

日花里はぎょっとして目を丸くしたが、

「ううううう、ヴウッ！　ありがどう……ッ、ひかりちゃ、ウウッ……」

「あなた、泣かないで……」

母がバッグからハンカチを取り出して、しわしわになって泣く父の涙をそうっとぬぐう。

そこでようやく、これまで成り行きを見守っていた海翔が、背筋を伸ばして改めて両親に声をかけた。

「では……日花里さんとの結婚を、お許しいただけますか？」

「フグッ……ひ、ひかりをっ、よろしくお願いしますっ……」

父はべそべそと泣きながら海翔の言葉にうなずく。

「ありがとうございます。必ず日花里さんを幸せにします」

海翔が男らしく頭を下げる横で、

（よかった……）

と、日花里はほっと胸を撫でおろす。

「えっと、もちろん私も海翔さんにおんぶにだっこしてもらうんじゃなくて、彼を支えられるように頑張りたいと思っているので……いろいろ心配はあるかとは思うけど、見守ってください。お願いします」

日花里としては改めての区切りのつもりだったが、なぜか父は、

「日花里ちゃん、なんて立派なんだ……！」

と感極まったようにまた激しく泣き出してしまった。

顔はぐちゃぐちゃの大洪水である。

「もうっ……タオル持ってこようか？」

日花里が呆れつつも問いかけると、海翔がそんな様子を見て、ふと思いついたように口を開く。

「お父さんと日花里さんの泣き顔、よく似てますね」

その瞬間、父が「――は？」と低くうなり声をあげた。

「貴様……日花里ちゃんを泣かしたのか？」

「えっ」

もしそうだとしたら、お前の頭の上から煮えたぎった油を注いでやる、みたいな恐ろしい顔をしたので、海翔は切れ長の目をパチッと見開いて凍り付く。

「やだ、違うわよ！　お父さんとケンカしたときに泣いちゃったのっ！　もうっ、お父さん、いい加減にしてっ！」

日花里がぴょんとソファーから立ち上がり、もーーっと声をあげると、母と海翔が楽しげに笑い始める。

去年末から続いていた町田家との確執はようやく雪解けを迎え、開け放った窓からそよそよと、

風とともに桜の花びらが舞い込んだのだった。

その後、両親は海翔が用意した外資系ホテルのスイートルームに宿泊し、翌日にはホテルの中にある料亭で無事に還暦のお祝いをすることができた。

そして日曜日、新幹線でゆっくり帰るという両親を品川駅《しながわ》まで見送りについていく。

ふたりはお土産やら駅弁やらをしっかりと買い込んだ後、

「じゃあまたね～！」

と、元気よく新幹線に乗り込んだ。

日花里も両親にぶんぶんと手を振り、新幹線の出発を見守る。

「本当は、やっぱり海翔さんが東京に呼んでくれたんでしょう？」

隣に立っていた海翔を見上げると、彼はふっと笑って軽く肩をすくめた。

「バレたか」

そう、両親がいきなり来たときは驚いたが、よくよく考えてみれば自分の親がどう行動するかなんて、娘の自分が一番わかっている。広島から滅多なことでは出ない両親が、おそるべき速さで上京し、日花里に謝りに来たのは、海翔が声をかけたからに決まっている。

「ありがとう、海翔さん」

「まぁ、お父さんと俺がかぶって見えたっていうのもあるな。日花里に無視されたら凹むし落ち込むだろ」

海翔はいたずらっ子のように笑うと、それから日花里の手をそうっと取る。

「帰ろうか」

「はい」

指先が手のひらを撫でた後、彼の長い指がするりと日花里の指の間に入りこむ。

握りしめられると、日花里の胸はいつものように甘くときめいた。

彼はなにも言わないが、おそらく同じことを考えている。


帰宅してすぐ、玄関で日花里は海翔に抱き寄せられていた。

「海翔さ……ンッ……」

覆いかぶさるようにキスをされて、彼の舌が日花里の口内を味わうようにうごめく。彼の唾液はお昼に飲んだジャスミンティーの香りがして、眩暈がした。

「いきなりすぎませんか……？」

彼の首の後ろに腕を回しながら尋ねると、

「早くしたいなって思ってたから」

と、海翔は悪びれずに答える。

「ご両親と連絡を取ってから、仕事もバタついてたし、ちょっと気持ちが落ち着かなかったんだよな」

「……そうですね」

日花里も笑ってうなずく。

海翔は金曜日から土日と日花里の両親のアテンドの前から忙しそうにしていた。日花里には内緒でことを進めていたので仕方ないのだが。

「ベッドに行っても？」

優しく問いかける海翔に、日花里はこくりとうなずく。

「でも汗かいちゃったから……その前にシャワー浴びたいです」

「じゃあ一緒に浴びよう。俺もう待てないし」

海翔はそう言ってひょいっと日花里を抱き上げると、スタスタとバスルームへと向かった。

ネイビーカラーのテーラードジャケットとベージュのカットソーを脱いだ海翔は、ストレッチ素材のジョガーパンツ一枚になった。鍛え上げられた腹筋が盛り上がっていて、非常にセクシーだ。

一方、水色のフレアニットとベージュのチュールスカート姿の日花里は、ちまちまと着ていた服を脱ぎ下着姿になる。

「あっ、あんまり見ないでください……」

海翔の食い入るような視線に、日花里はぼそぼそとつぶやく。

「なんで」

「なんでって、毎回ちゃんと言ってますよね。普通に恥ずかしいからですけど⁉」

日花里が恥じ入りながら海翔を見上げると、彼はふふっと笑って日花里のレースのブラジャーの肩ひもを持ち上げるように指を差し入れて、ゆっくりと下ろす。

一方的に脱がされるのがなんだか悔しくて、日花里も海翔のジョガーパンツに手を伸ばした。海翔が艶っぽく微笑みながら甘い声でささやく。

「触って」

そして日花里の手を取り、優しく導いた。

「っ……」

ボクサーパンツの下の海翔のそこは、布越しにはっきりと盛り上がっていて、彼の興奮が伝わってくる。ドキドキしながら、そうっと輪郭を確かめるように指を這わせると、海翔はかすかに息を漏らした。

ボクサーパンツのウエストに指をかけて下ろすと、中から海翔の緩く立ち上がった屹立が姿を現す。そうっと両手で包み込むと、海翔がぴくりと肩を震わせた。

(なんだか今日の海翔さん、余裕ないみたい……)

いつも翻弄《ほんろう》されてばかりの自分がちょっぴり優位に立っている気がして、日花里は少し嬉しくなった。

「海翔さん、このまま立っててね」

「ん？」

海翔が顔を傾けた次の瞬間、日花里は脱ぎ散らかした服の上にひざまずき、ゆっくりと海翔の肉杭に口づけたのだった。

「えっ」

唇で軽く吸った後、顔を傾けて横からくわえる。舌全体を使ってすべるように顔を動かすと、あっという間にそれはムクムクと大きくなり、雄々しく勃ち上がった。

「あっ……ちょっと待って、日花里」

海翔が慌てたように日花里の顔をそうっと押さえる。

なぜ？　と上目遣いで問いかけると、

「いや、そうやって俺見るなよ。やばいから……」

と海翔はうめき声をあげる。

見るなと言われたので目線を落とし、睾丸を手のひらで転がしながら、唇全体を使って愛撫を再開する。

すると海翔は慌てたように体を揺らし、

「う、ちょっ……はむはむしないで……あッ……日花里……。あ、日花里ちゃん……汚いから、やめようか……？」

と、かすれた声でささやいた。

海翔の体はもはや芸術品レベルに美しいので、もちろん性器だって凛とした謎のたたずまいがある。たとえて言うなら人間国宝が手ずから作り上げた、薄い白磁の花器のような上品さ。彼の体には爪のひとかけらだって、汚い場所はないのである。

（日花里ちゃん、だって。変なの……）

だがやめてと言いながら、海翔は日花里の愛撫を拒否しなかった。

快楽に震えて身もだえしつつ、日花里の唇と口内を受け入れている。幹をなぞる舌先がすっかり張り出した幹の段差を行き来するたび、切なそうに眉を寄せる。

（いつも私が泣かされてばっかりだから、こういうのもたまにはいいかも）

彼の肉杭の先端はつやつやと輝きながら、透明な蜜をとろとろと零している。日花里はすっかりいい気分になって、笛でも吹くように愛撫していた肉杭の先端を、正面からゆっくりと口に含み、ちゅうっと吸い上げた。

「ッ……！」

海翔がぶるっと体を震わせる。

「日花里……っ」

「ん……かいとさ……きもち、い……？」

「ちょっ……しゃべるのやめてっ……」

海翔はかすれた声でそうささやくと、優しく日花里の頬を撫でて目を伏せた。

うっすら目の下のあたりが赤く染まっている。

相変わらずカッコいいし凛々しいのだが、なんだか彼の恥じらう姿が乙女のように思えて、日花里のほうが興奮してしまうくらいだった。

「あぁ……日花里が俺の舐めてる……エロ……」

そう言いながら身をよじる、海翔のほうがよっぽどえっちなのだが、わからないのだろうか。

日花里はドキドキしながら、さらに海翔のものを頬張るように口の中に入れる。

「……もうこれ以上はいいよ。お前、口小さいだろ？」

確かに彼の言う通り、とても海翔のモノは喉の奥まで入れられるサイズではない。太く硬く、雄々しいので、せいぜい先のほうを口の中に収めるのが精いっぱいだ。

「お前に舐めてもらってるってだけで、十分ヌケるから……」

そして海翔は、甘いため息をついた。

伏せたまつ毛の先が震えている。

（かわいい……）

日花里の胸の奥がきゅん、と締め付けられる。

もっともっと、彼には気持ちよくなってもらいたい。

それから日花里は一生懸命、海翔にご奉仕した。

といっても基本受け身なのでその手の経験は少なく、日花里にはとても彼を満足させる技量などない。それでもつたないなりに必死にやっていたら、次第に海翔の様子が変化し始めた。

「あ……ん、はっ……」

海翔の呼吸が次第に浅くなる。日花里が舌を這わせ吸い上げるたび、腰がびくびくと痙攣し始めた。

「――」

その気配を感じ取って、口に入らない幹の部分をこすり上げながら無言で顔を上げると、

「あ、出るッ……」

海翔が上半身を折り曲げるようにして前かがみになる。そして日花里の顔をがしっとつかみ、若干強引に離した。口内から彼の雄々しい肉杭が引き抜かれ、その先端から熱い白濁が日花里の胸の上にほとばしる。

「あ……」

口内で受け止めるつもりだった日花里は少し拍子抜けだったが、海翔は軽く息を上げながら日花里の首筋にかかった白濁を指でぬぐう。

「いやぁ……いい眺め」

そしていたずらっ子のように笑ったのだった。

バスルームにシャワーの水音と、肌がぶつかる音が響く。

「あ、かいと、さっ、あ、アッ、ああっ……」

タイルに両手をついた状態の日花里のほっそりした腰をつかんだ海翔は、背後から激しく日花里の中を蹂躙《じゅうりん》している。

「っ、まって、あ、わたし、またッ……」

「いいよ。何度でもイッたらいい。俺は全然萎《な》えないから」

「あッ……！」

弱いところを重点的にぐりぐりと押されて、日花里は細い悲鳴をあげた。

「俺の舐めて、どろどろになるくらい興奮してたんだもんな。一刻も早く、俺に入れられたくてたまらなかったんだろ？」

海翔が切れ長の目を細めながらちょっぴり意地悪にささやく。

あの後シャワーで軽く身を清めたところで、いきなり海翔に背後から挿入されたのである。

海翔の言う通り日花里のそこはすっかりぬかるんでいて、難なく彼のモノを受け入れた。

そしてこうやって背後から激しく突かれ、もう何度も天国に行きかけている。

「ああ、あっ、やぁっ……」

バスルームの中で、自分の声が反響して、四方八方から聞こえてくる。膝はがくがくと震えていたが、両肘の部分を海翔につかまれて、逃げることすらできない。

気持ち良すぎて頭がおかしくなりそうだった。

「あ、いく、ああっ、いっ……うぅ～あぁっ……！」

背中をのけぞらせて歓喜の悲鳴をあげる日花里を見て、

「日花里」

海翔が優しい声で呼び、それから顎の下を手で持ち上げ覆いかぶさるようにキスをする。

「ンッ……」

海翔の舌が唇を割り、口内を蹂躙しつつ日花里の舌に絡みつき、吸い上げる。

その熱い情熱に日花里はひどく興奮しながら、息が止まるような眩暈を覚える。

「ッ……はっ、はっ……」

さすがにもう立っていられなかった。

その場にずるずるとしゃがみこむと同時に、日花里の中から海翔のモノが引き抜かれる。

恐ろしいことに彼のモノは相変わらず隆々と勃ち上がったままで、日花里を求めてビクビクと震えていた。

「か……海翔さん……ちょっと、休憩……したい、ですっ……」

このままイカされ続けたら、自分がどうなるかわからない。

「だよな……」

彼が小さくうなずいたのを見て、ホッとしたのもつかの間、

「じゃあ俺も一回イッてからな」

「えっ」

「愛してるよ、日花里」

にっこり笑った海翔は自分も床タイルに胡坐《あぐら》を組んで座り込むと、日花里を軽々と抱き上げて、いきりたった屹立で日花里を正面から串刺しにしてしまったのだった。

「ッ、あ、ひあっ、あッ……！」

「くッ……やば……もっていかれそ……」

日花里の絶叫とともに、海翔が眉をぎゅっと寄せて快感をこらえる表情になる。

「日花里、好きだ。愛してるっ……」

海翔は激しく下から腰を振り、突き上げながら愛を乞う。

海翔に激しく求められているという喜びと、自分も彼が思う以上に愛しているのだという歓喜が、日花里を突き動かす。

「あ、ああっ、もうっあ、ああっ……海翔さんっ……」

必死に海翔の首にしがみつき、腰を振る。

海翔の緑がかった茶色の瞳が、切なそうに日花里を見つめる。

このままひとつに溶け合って、かたちがわからないくらい、ぐちゃぐちゃになってしまえればいいのに。

抱きしめた海翔の体が、ひとまわり大きくなったような気がした次の瞬間、海翔がグウッと獣の

ようにうなり声をあげる。

日花里の最奥で熱が弾け、爆発する。

「あッ……」

全身がバラバラに砕け散るような強い快楽に、日花里は一瞬死を覚悟したほどだ。

この人が好き。自分よりも愛している。一生離れたくない。そんな思いが日花里の全身を包み込む。

それは海翔も同じだったようで、彼はその目で日花里への愛を語りながら、唇を震わせた。

「日花里……っ」

吸い寄せられるように唇を重ね、腹の奥で彼の情熱を感じながら、彼の舌を夢中で吸ったのだった。


それからベッドに移動した後も、海翔は日花里を愛した。

それはもうたくさん。数えきれないほどに。

気が付けば窓の外は真っ暗で、海翔は裸の日花里の肩を抱いたまま、すりすりと額に唇を寄せて甘い声でささやく。

「いやぁ……久しぶりにヤリまくったな」

「……もうっ」

あけすけな海翔の言葉に、日花里は恥ずかしさで頬を赤く染めながら、彼の裸の胸を手のひらでぱちんと叩く。

(明日は全身筋肉痛かも……)

そんなことを考えながら、海翔の顔を見上げる。

「でも、父と仲直りできてよかったです。海翔さん、ありがとう」

「いや……俺のせいで事態がこじれたんだから、なんとかしなきゃって思っただけだ」

海翔がふふっと思い出したように笑う。

「そういやお父さんもあの動画、見たんだって」

「――えっ？」

もちろんあの動画、というのはTickTackでバズった海翔のプロポーズ動画のことだ。

「あれ見て、こんなにアホなことをする男なのかって、一周回って感心したらしい」

「アホって……」

父の暴言に呆れかけた日花里だが、

「先のことはわからないけど、今の俺の本気は伝わったんだ。やっぱりよかったよ」

海翔はその点においてはなんとも思っていないようで、そのままやんわりと微笑む。

「まぁ、そういえばそうですね……」

日花里は小さくうなずいた。

とりあえず両親とのわだかまりも消えた。

結婚することが目的じゃない、一緒にいることが大事なんだと思った矢先のことだったが、これでよかったのだろう。

だが同時に、ちょっぴり、ほんの少しだけ不安もよぎる。

「ねぇ、海翔さん。結婚したらなにか変わるんでしょうか」

「さぁなぁ……」

海翔は空いた腕を自分の頭の後ろに回しながら、天井を見上げる。

「別に既婚者ですってラベル貼って歩くわけじゃないしな。まぁ、指輪はつけるけど」

その瞬間、日花里の脳裏に嫌な予感がよぎる。

(既婚者の海翔さん、絶対今以上にモテるんじゃない……？)

独身の今でもモテモテなのに、これ以上モテたらいったいどうなってしまうのだろう。

一瞬、不安で暗い表情になってしまった日花里だが、天井を見上げた海翔はからっとした声で言った。

「でも、お前との結婚生活すっげぇ楽しみだな！　それだけは自信を持って言える」

「――――そうですね。楽しみですね」

日花里は笑って、そのまま海翔の胸に抱き着いた。

海翔のこういうところが、日花里は好きだと改めて思う。

ふと、真澄に話したことを思い出す。

『結婚してキャリアが変わるのって、不安で当然だと思う。でも、今真澄がキャリア含めて百点満点だって思ってる人生も、福井くんと一緒に年を重ねていくうちに、百二十点になる可能性だってあるんじゃゃない？』

『失うものばかりじゃないよ、きっと』

そう、誰だって変化は怖いけれど、悪いことばかりじゃないはずだ。

「子供はたくさん欲しいな。俺、弟しかいないし、女の子がいい」

「私はどっちでもいいんですけど、もし海翔さんに似たら魔性の女になってしまうじゃないですか……こわ……」

女の子は父親に似るという。どうせなら海翔に似てほしいと思うが、海翔似の女の子なんて女王様になる予感しかしない。

「いいじゃん。あまたの男どもをひざまずかせる、最高で最強の女に育てような」

「やだぁ～！」

日花里の悲鳴を聞いて、海翔が肩を揺らして笑う。

ふたりの未来がどうなるかなんて、誰もわからないけれど。

いつまでもこうやってくだらないことで笑い合いながら抱き合える関係でいられたら――。

海翔が甘く瞳をきらめかせながら顔を近づけるのを感じながら、日花里はそうっと目を閉じたのだった。

特別再録番外編

ふたりきりのウェディング

「とうとう……来てしまった……モルディブ！」

「疲れてないか？」

「いいえ、全然っ！」

日花里はぷるぷると首を振り、夜の闇にライトアップされた美しいコテージを見つめた。

「そうか。よかった」

海翔は柔らかく表情を緩めて、目を輝かせている日花里の肩を優しく抱き寄せる。

今朝、広島空港を旅立って七時間後、トランジットのために到着したシンガポールで少し休憩した。そしてまた空路で五時間弱でマーレへと到着。空港から小さなスピードボートで水上コテージのあるホテルへとやってきて、つい先ほどチェックインしたばかりだ。

日本は冬だが、インド洋に浮かぶ熱帯の国であるモルディブはちょうど乾期である。と言っても吹き抜ける風はさわやかで、日中も過ごしやすいらしい。

明日の夕方、海翔と日花里は、ビーチでふたりきりの結婚式を挙げることになっている。

「こんな素敵なところに一週間もいられるなんて……夢みたいです」

「一か月くらいいてもよかったんだけどな」

冗談ではなく本気でそう思っているようで、海翔は日程を決めるギリギリまでもう少し滞在してもいいんだぞと口にしていた。学生の頃から世界中を飛び回っていた彼は、新婚旅行もそのくらい時間をかけてもいいと考えていたらしい。

「もう、そんなこと言って。一か月も帰らなかったら、霧生さんが過労死しちゃうじゃないですか」

日花里がハァとため息をつくと、海翔が「あはは」と楽しそうに笑う。どこまで本気なのかわからないが、否定しないあたりその自覚はあるのだろう。これは結婚式と新婚旅行を兼ねた旅だ。快く自分たちを旅立たせてくれた社のみんなには感謝しかない。

（みんなにたくさんお土産買ってかなくちゃ）

そんなことを考えながら、日花里は海翔に肩を抱かれてコテージの中へと足を踏み入れる。

「わぁ……」

プール付きオーシャンビューの豪華な部屋は、ホテルと言ってもほぼ一軒家だった。広いリビングルームからはすぐに海に出られるようになっている。贅沢なつくりのせいか周囲に人の気配はなく、目の前の海はプライベートビーチと言っても過言ではないだろう。

ウェルカムドリンクとフルーツをつまんだ後、ビーチへと出る。

「砂……ふかふかですよ」

足をぎゅっと踏み込むと、ぺたんこのサンダルが砂に埋もれた。

「ね、海翔さんもやってみて！」

日花里が手を引くと、海翔も「ほんとだな」と少し目を丸くした。

「砂の中、あったかい……」

砂をつま先で蹴りながら、感覚を楽しみつつ歩いていると、唐突に「日花里」と名を呼ばれる。

顔を上げると同時に手を引かれて海翔の腕の中にすっぽりと包まれていた。

「あ……」

驚いたが、好きな男に抱きしめられるのはやはりいつだって気持ちがいい。なんと言ってもここは日本ではない。外で抱き合ったとしても誰からも白い目で見られたりなどしない。

「海翔さん……」

日花里は少しだけ大胆になって海翔の五分袖のカットソーに頬をすりつけた。

旅行中、香水をつけていない彼からは、懐かしい匂いがした。背中に腕を回し目を閉じると、学生の頃を思い出す。

「海翔さん、こんな遠くまで連れてきてくれてありがとう」

「なに言ってんだ。俺はお前と結婚したくてしたくてたまらなかったんだからな。そりゃどこにだって連れていくよ」

いたずらっぽく微笑んで海翔は日花里の顎先を指で持ち上げると、ゆっくりと覆いかぶさるようにキスをした。

柔らかく唇をはんだ後、ちゅっと吸われる。

海翔から与えられる甘くて可愛いキスに、日花里はふわふわした気分に包まれた。

夜の闇の中、コテージを照らす間接照明が海翔をオレンジ色に彩っている。

（どうしよう……私、浮かれてるかも……）

なんとかヘラヘラと笑ってしまわないよう、気合を入れて顔の表情筋に力を入れていると、海翔が日花里の頬を片手で包み込む。

「お前さ、ずっとニコニコして、機嫌がよさそうだってこと自分で気づいてるか？」

そう尋ねる海翔の顔はとても優しい。

「えっ……いつから？」

正直まったく自覚していなかった。思わず触れられていないほうの頬を手で押さえる。

「実家にいる間から」

「そんな前から？」

日花里と海翔は出発前、日花里の実家がある広島に一泊していた。結婚を決めて以来何度もお互いの実家に行っていたのだが、すでにその時点で自分が浮かれていたなんて思いもしなかった。

海翔が気づいたのなら、きっと家族もそう思ったに違ない。少し恥ずかしいと思うが仕方ない。

「それはその……やっぱり……嬉しくて、はしゃいでいるんだと……思います」

こうなったら言い訳するのも変だ。日花里は素直に海翔に告げる。

「私、ずっとふわふわしてて……ドキドキして……海翔さんとこうやって一緒にいられること、まだ夢みたいって、思ってて……」

海翔と長いふたり旅は初めてで、しかもずっと一緒だ。日頃ハードワークをこなして出張も多い海翔がずっとそばにいてくれるというのは、日花里にとって何事にも代えがたい幸せだった。

「あー……抱きてえなぁ」

そこで海翔がしみじみとつぶやく。

「っ⁉」

突然の告白に日花里は目をむいた。いったいなにが海翔を刺激したのだろう。だが気が付けば時計の針は深夜を指そうとしている。

（い……今から……？）

思わず緊張で体を強張らせる日花里だが、海翔はわかってると言わんばかりに首を左右に振った。

「いや、明日結婚式だし。なんだかんだ言って長旅だったしな。今日はもう休もう」

「は……はい……そうですよね」

日花里が顔を赤くしてうつむくと、海翔はニヤリと唇の端を持ち上げてその顔を覗き込んでくる。

「なんだ、ガッカリしてるのか。もしかして俺に抱かれたかった？」

「っ……」

海翔の指摘にそうではないと強く言い返したかったが、心のどこかで少しだけ残念に思っているのはなんとなく自分でもわかる。だからすぐに言葉が出なかった。そんな日花里を見て海翔はひどく満足そうに耳元に唇を寄せる。

「かわいいやつ……。まぁ、その代わり明日の夜は一晩中抱いて離さないからな。覚悟しておけよ」

「も～っ……！」

どこまで本気かわからない甘い誘惑に日花里の顔はさらに赤く染まっていた。

照れる日花里と笑う海翔は、そのままもつれるようにじゃれあいながらベッドルームへと向かう。

ベッドは当然キングサイズで、白いシーツの上には花びらがまかれ、シーツで羽根を広げた白鳥が折られていた。

「わ、すごい……」

シーツを器用に折りたたんで皺をつくり白鳥の形にしているらしい。日花里が感心しながら眺めていると、海翔が日花里の隣に座って、「ふーん」とシーツを見下ろす。

「きれいなもんだな」

「ですねぇ……可愛い」

花をどけないと眠れないが捨てるのも忍びない。日花里はグラスに水を入れてシーツの上の花びらを集めた。ベッドサイドにグラスを置くと海翔が目を細める。

「俺、そういうところ見ると、お前らしくて好きだって思う」

「……っ」

それはごく自然に出てきた愛の言葉のようで、日花里は顔が真っ赤になってしまった。

学生の頃からずっとそばにいたせいだろうか。日花里だってしょっちゅう海翔が好きだと思うが彼のように自然に口には出せない。タイミングを見失いがちだ。

「わ……私も……あの……」

そう言うのが精いっぱいで。日花里がもじもじしていると、海翔は目を細め「あー……あんまり俺を煽るなよ……」と、緩む口元を手のひらで覆う。ほんの少しだが耳が赤い。

なんだかんだ言って、ふたりの間の空気はずっと甘いままだ。嬉しくて、また胸の奥がきゅうっと締め付けられるのだった。

海翔がシャワーを浴びた後、日花里も続いた。髪を乾かしてベッドルームに戻ると海翔が真ん中に大の字になって眠っている。

「海翔さん、さすがに疲れてるよね……」

起こさないようにシーツの上に膝をついて彼を見下ろす。

精悍な顔立ちながら、目を伏せるとまつ毛の長さが際立っている。少し長めの前髪を指でかきわけると無性にキスしたくなったが、起こしたくなかったので我慢した。

足元にくしゃくしゃになっていたシーツを引っ張り上げ、日花里は左右に投げ出された海翔の腕の中にすっぽりと収まる。寄り添い目を閉じると、眠っているはずの海翔が身じろぎしながら日花里の肩を抱き寄せた。

「海翔さん……?」

起きているのかと顔を見上げたが、海翔は相変わらずすうすうと寝息を立てている。なのに肩に置かれた彼の手は日花里を慈しむように撫でていた。恋人ではなかった頃から彼とこうやって眠る夜はあったが、今はもう違う。

無意識の中でそうしたのだと思うと、自分はここにいていいのだと安心する。

彼の腕の中は、もうずいぶん前から自分の場所なのだ。

「おやすみなさい」

気持ちは高ぶっていたが、やはり体は疲れていたらしい。目を閉じると暗闇の中を転がり落ちるように意識を失っていた。


翌日。遅めに起床して部屋付きのバトラーにブランチを用意してもらいながら、海が見えるバルコニーでふたりで食事をとった。目の前はどこまでも続くグリーンの海と白い砂浜だ。

バトラーの男性は日花里にもわかるようにゆっくりとした英語で、

『今日は結婚式だけど体調はどうですか？』

と丁寧に尋ねてきた。フレンチトーストとたっぷりのフルーツ。そして熱いコーヒーを飲んで、日花里の元気はマックスだ。

『昨日はたくさん眠りました』と答えると、バトラーは『よかった』とうなずく。

「海翔さんは今からどうするんですか？」

朝食の後は、日花里はまず衣装の確認とエステが待っている。花嫁のほうが忙しいのは当然だが、その間海翔はひとりだ。

「ん……そうだな。海を見ながら読書でもするかな」

バルコニーを下りればすぐに海だ。長い足を組んで海に目をやる海翔の髪を、モンスーンのさわやかな風が揺らす。

（素敵だな……）

日花里は海翔の横顔が好きだ。彼に外国の血が流れているからだろうか。どこか遠くを見るような眼差しを、学生の頃から美しいと思っていた。

（ただあの頃は、決して振り向いてくれないと思っていたから……ずっと、見ているだけだった）

だが今は、呼びかけるとしっかりと振り向いてくれる。

「――海翔さん」

「ん？」

海翔の優しい眼差しに日花里は胸いっぱいになりながら、「風が気持ちいいですね」と微笑んだ。

それから海翔と別れて、ひとりでホテルのドレスルームへと向かう。事前にインターネットで衣装は選んでいた。

ビーチでの挙式のため、国内の披露宴で着るような豪華なウエディングドレスではないが、裾を引きずるほど長いロングドレスだ。袖のあたりはすべてレース編みになっていて全体的にメリハリのあるシルエットだが、大きく肩と背中が開いていて、なかなかにセクシーである。

「よかった、ちゃんと着られます」

試着室でほっと安堵の息を吐いた。

胸が大きい日花里は常に前が留まるかどうかが洋服選びのポイントだったが、最初から大きく開いていたのですんなりと着ることができた。ちなみに海翔は家から持ってきた白いシャツと、同じく白いクロップドパンツを着用する。『男の俺はこれでいいだろ』と気楽なものだ。

個人的には海翔のタキシード姿が見たかったが、それは来年に執り行う予定の披露宴まで楽しみにとっておくつもりだ。

ホテルの従業員に礼を言い、今度はエステルームへと案内してもらう。普段からエステに行く習慣のない日花里だが、周囲の女性陣から『結婚式の準備で行かなきゃいつ行くのよ！』と言われたので、受けることにしたのだ。

部屋で待っていたエステティシャンは母親くらいの年の大柄な女性だった。ニコニコ笑って日花里のことをパンのようにこね、もみほぐした。あまりの力強さに最初はどうなることかと思ったが、いざマッサージを終えてみてみれば全身がぽかぽかして血色がよくなっている。体の内側から発光するように白く輝いていた。

（すごい……さすがプロの技術……！）

日花里は海翔から教えてもらったようにチップを置いて、それからホテルのメイクルームで身支度を整えた。

今日はさすがに眼鏡は外してコンタクトだ。日花里の英語はつたないがそれでもなんとか意味は通じた。ゆったりとした時間に、ヘアメイクが終わる頃には日花里もだいぶリラックスしていた。

(風が気持ちいいな……)

やることは多いが、時間がゆっくりと過ぎていく。ホテルはどこも大きな窓が全開で、海からの風や波の音が心地いい。

日花里は窓の外をぼんやりと眺めながら、目を細める。

この時期のモルディブはハネムーン客ばかりかと思ったが、この島はそうでもないようだ。年配の外国人夫婦が多く同世代の日本人の姿はなかった。

(海翔さん、騒がれちゃうかもしれないから、よかったかも)

なんだかんだと露出が多い海翔は、シンガポールへと向かう飛行機の中でもビジネスマンらしい男性に声を掛けられていた。日花里としては結婚式も大事だけれど、とにかく忙しい海翔に身も心もゆっくりしてもらいたいと思う。

『そろそろ時間よ』

ウエディングセレモニーのスタッフが日花里を呼びに来た。

日花里はうなずいてビーチへと向かう。

白い絨毯のような砂浜に夕日を背景にして海翔が立っていた。素肌の上に着慣れた白いシャツを着て袖をまくっている。クロップドパンツからは大きな足が出ていて、海を眺めながら素足で砂浜の感触を楽しんでいるようだ。

「――海翔さん！」

ざぁざぁと打ち寄せる波の音にかき消されないよう少し声を張って呼びかけると、海翔はハッとしたように顔を上げてそれからなんともいえない表情になる。

笑いたいような、泣きたいような、どちらでもないような。そんな複雑な顔をしながら、海翔は日花里に向かって手を伸ばし肩をつかんで体を引き寄せた。

「きれいだ……すごく」

耳元でささやく声は少しかすれていた。

「ありがとう。海翔さんも素敵です」

日花里は照れながらうなずいて、じっと海翔を見つめ返す。

シャツもパンツも見慣れたものだが、髪はしっかりと整えたようで、普段は前髪に隠されている額が露わになっている。それだけで普段と違う顔に見えて、また日花里の胸は熱くなった。

夕日がゆっくりと水平線に落ち始めると、白い砂浜も太陽を映したような橙色に染まり始め、海翔の精悍な頬に色が移り、まるで燃えているようだ。

（なんてきれいなの……）

日花里は無性に泣きたくなる気持ちを抑えながら、少しだけ唇をかみしめた。

そこにホテルのスタッフがやってきて、ふたりの首に花輪をかけ、髪に花を挿して日花里の手に手作りのブーケを預ける。

ウエディングセレモニーはこのリゾートの支配人が取り仕切ることになっていて、ふたりが立つ数メートル先にホテルの制服を着て、ニコニコと微笑みながら立っていた。

誓いの言葉。指輪の交換。

そしてキス。

数人のスタッフにあたたかく見守られながらも、日花里は海翔ひとりをまっすぐに見つめ続けていた。

「一生大事にする」

海翔が日本語で、日花里だけにささやく。

「はい。愛しています、海翔さん」

日花里も応えた。いつもは恥ずかしがりの日花里も、自然に唇から愛の言葉が零れた。むしろ今言わなくていつ言うのだと、そんな気持ちだ。

「先に言われたな」

海翔はくすっと笑って、「愛してる」と唇にキスを落とす。

太陽はゆっくりと沈み、海の際は薄い紫色と紺色が混じりあい夜の色合いへと変化していく。

耳に響くのは砂浜に寄せる波の音だけ。足元を照らす明かりを反射して、海翔の目が薄く緑色に光っていた。

（今日このときこの目に映ったもの……全部、忘れたくない……）

日花里はうっすらと目に浮かぶ涙をそのままに、精いっぱいの笑顔を浮かべたのだった。

式を終えた後はビーチの上に特別に作られた東屋で食事をとった。たっぷりの花と植物で飾られて、ここだけ植物園のようだ。シンプルな味付けのおいしいシーフードを食べ、ワインを飲み、日花里と海翔はたくさん話をした。

職場でもプライベートでもいつも一緒なのに会話は尽きない。海翔が笑うと日花里は嬉しいし、逆もまた然りだ。

結婚式とディナーを終えてコテージへと戻ると、部屋のいたるところにアロマキャンドルが飾られていて、橙色の明かりが部屋に不思議な影を作っていた。

「わぁ……素敵……」

ここで目にするものは、本当になにを見てもきれいだ。

ふたりで玄関に立ったまま部屋の中を眺めていると、

「――日花里」

海翔が名前を呼ぶ。顔を上げた瞬間、足元をすくうように抱き上げられた。

「あっ……」

驚いて海翔の首に腕を回すと「今から正真正銘、俺たちふたりの『素敵な時間』だろ?」と、海翔が熱っぽくささやく。

「海翔さん……」

今まで数えきれないほど彼と抱き合ってきたが、今日はまた特別な夜だ。日花里は胸を高鳴らせながらうなずいた。

海翔によって日花里の体はベッドまで軽々と運ばれる。敷き詰められた赤い花をかき分けて、日花里はうつぶせに寝かされた。

「日花里……」

海翔は背後からのしかかり日花里の耳の後ろにキスを落とす。唇は耳の後ろから首筋へと少しずつ移動して、日花里の背中にちゅ、ちゅ、と音を立てながら下りていく。

「やっぱりふたりきりの結婚式、やってよかったな」

編み上げになっている日花里の背中のリボンをほどきながら、海翔がささやく。

「どうしてですか……？」

もちろん日花里もそう思っているが、海翔がなぜそう思うのか少しばかり気になる。

「俺だけが正面から見つめた日花里で、俺だけの記憶だ。他人にどうこう言われない、俺だけの思い出になる」

それは海翔のむき出しの独占欲だった。

長年恋焦がれた男からの強い欲望。

それはどんな言葉よりも、長く片思いをしていると思っていた日花里の心をざわめかせる。こぶしで胸の真ん中を殴られているような気分になる。

海翔のことが愛しくてたまらない。彼が求めることすべてを叶えたいと願ってしまう。

日花里はシーツに顔を押し付けたまま、肩越しに振り返ってささやいた。

「海翔さんの……思うように、して……お願い」

その瞬間、海翔の喉ぼとけが大きく上下に動いたのを日花里は見逃さなかった。


「あっ、あんっ……」

最初シーツの上に四つん這いだった日花里は、気が付けば枕を抱えてぐったりとしていた。だが背後からは依然海翔が激しく腰を打ち付けている。すでに日花里の声はかすれぎみだが、海翔は日花里をいたわりながらも自身を抑えるつもりはないようだ。

「中から、俺とお前のがあふれてくる……」

「え……？」

「ほら……わかるか？」

海翔がゆっくりと腰を引くと、それまで日花里の中でいっぱいになっていた屹立が引き抜かれていく感触がある。

「あっ……」

海翔の硬いそれは、ただ動かすだけで日花里の弱いところをこすりあげ、意図せずビクビクと体が震えてしまう。

「俺、中に何回出したっけ……？」

慈しむようにささやきながら、今度は先端を日花里の中にねじ込んで軽く揺さぶる。

海翔はこの旅に避妊具を持ってこなかった。荷造りをしているときに「これからはもう、必要ないよな」と言われて、日花里は素直にうなずいた。

「いっ……わかんなっ……あっ……」

何度出したかと言われても本当によくわからない。ただ海翔は何度射精してもまたすぐ日花里の中で力強く甦《よみがえ》っては、日花里を泣かせ続けている。

「俺も、ちょっと……覚えてない……んで、まだやれそうだし……ほんと、興奮してるとはいえ、思春期レベルかも」

かすかに笑いながらも、輪郭を確かめるように丸く日花里のお尻を撫でる海翔の手が優しい。そして背後から日花里の涙の跡にキスをした。

（キス……したい……）

軽く首をひねると、かすかに息があがっている海翔と目が合った。結婚式で整えられていた髪はとうに乱れている。かすかに汗ばんだ海翔の体からは甘い香りがした。

「……どうしてほしい？」

海翔の問いに、日花里はストレートに答える。

「もっと……キス、したいです……」

後ろから貫かれるのは日花里がそっちのほうが感じると彼が知っているせいだが、やはりキスがしたかった。日花里のささいなおねだりに海翔は興奮したようだ。

「お前、可愛すぎるだろ……」

海翔は一度日花里の中から自身を引き抜くと、うつ伏せにしていた日花里を逞しい両腕で正面から抱きかかえ、足の間に腰をグッと差し入れて奥まで一気に貫いた。

「あああっ……！」

腹の裏を突き上げる剛直に、日花里の目の奥では今夜何度目かの火花が散る。

細い悲鳴をあげながら長く背中をのけぞらせる日花里を強く抱きしめ、海翔は腰をがむしゃらに振り続ける。もうそこには理性などない。ただ日花里を愛するひとりの男として、彼女を独占したい、自分のモノだけにしたいという感情だけが海翔を突き動かしていた。

「日花里っ……」

頭の後ろを抱えて唇を覆い、舌をねじ込みながら日花里の口の中を舐めまわす。

「かい、と、さ……っ……すき、好きっ……」

日花里も懸命にそれに応える。つたないながら海翔の熱い舌に自らの舌先を這わせる。

「んっ、ん……」

ぐちゅぐちゅと日花里の中で音がする。口の中、頭の中、腹の中、あちこちで海翔が暴れまわっている。飲み干せない唾液が日花里の唇の端から零れ落ちていく。

ぴったりと重なった体から伝わる海翔の熱に、日花里は溶けてしまいそうだった。

終わりが近いのか、海翔のピッチが急激に上がっていく。

「くっ……」

海翔が眉間に皺を寄せて、そのまま日花里のとろけきった奥の奥へと切っ先を押し付ける。

その瞬間、日花里は自分の中で熱いほとばしりを感じた気がした。

広い背中に必死にしがみついて、何度か体を震わせかみつくようにキスをする海翔を受け止める。

好きだ好きだと心の中で叫びながら、息ができないほどの激しいキスを交わし、日花里はゆっくりと意識を手放していったのだった。

＊＊＊

(――よく寝てるな……)

お湯で絞ったタオルで全身を拭いている間も、日花里は目を覚まさなかった。全身には海翔がつけたキスマークが散らばっていて、やはり前日に抱きたいのを我慢してよかったと改めて思う。

「さすがに無理させたか……」

海翔は軽くため息をついてほんの少しだけ反省した後、日花里の体を新しいシーツで包み込む。

海翔にとって日花里は長い片思いの相手で、諦めようとしても諦めきれなかった最初で最後の女性だ。

日花里も同じ気持ちだったと知って、それから海翔は目の前の景色がまるで違って見えるようになった。

結婚に至るまでは色々あったが、日花里への愛おしさは増すばかりで、彼女に愛されたいという気持ちも日々膨れ上がっていく。

あまりにも好きすぎて、この気持ちに終わりがあるのだろうかと不思議な気分になる。

海翔はそっと日花里の目元にキスを落とし、重なる二本のスプーンのように身を寄せると、日花里の首筋に顔をうずめてゆっくりと息を吸う。

(いい匂いだな……)

かつて、自分の腕に抱きながらも手に入らない日花里を思い、もどかしく感じていたのは、もう昔のことだ。

目を閉じるとコテージに打ち寄せる波の音が聞こえる。

籍を入れるのは少し先だが、今日、ずっと愛した女性が自分の妻になった。

ビーチで白いドレスをなびかせ微笑んでいた日花里の姿を、海翔は一生忘れないだろう。

この幸せな時間にずっと浸っていたいと思うが、それはそれ。今以上に未来だって楽しみで仕方ない。きっと毎日好きになっていくだろうし、いずれ子供をもったとしたら、ますます愛は深まるに違いない。

だがいくら愛してもいい。溺れるほどに愛しても、自分たちを咎める人間など誰もいない。

（俺の身も心も、もうずっとお前のモノなんだからな……）

あとがき

こんにちは、あさぎです。

このたびは『お前は俺のモノだろ？　2』を手にとってくださってありがとうございました。

続編を書かせてもらえることになって、あらあらありがたいわね〜と思いつつも、とはいえなにを書いたら？　と悩んでいたのですが、書き始めると意外にもするすると書き進めることができました。

自分が思う以上に、海翔と日花里は私の中で生きているんだな〜。

そしてなんと！　『おまおれ2』が引き続き高山《たかやま》先生の手によってコミカライズしてもらえることになりましたやったー！

このお話のあれやこれやが、高山先生の漫画で読める！

もし万が一、原作は読んでいるけれど漫画は知らないという方がいたら、よかったらぜひ。

書籍を無事発売できた今、ただの一読者になった私と一緒に、連載を楽しんでいただけると嬉しいです。

では最後に。

前作に引き続き、最高にかわいくてまぶしくて素敵な表紙と挿絵をご担当いただいた大《おお》橋《はし》キッカ先生、本当にありがとうございました。

海翔はウルトラかっこいいし、日花里はキラキラしてかわいいしで、今回の本も大事な宝物になりました。

それではこの辺で。

また皆さんとお会いできたら嬉しいです。

あさぎ千《ち》夜《よ》春《はる》

シリーズ累計
300万DL!!
『お前は俺のモノだろ？
～俺様社長の独占溺愛～』
Pur Comics Pure《ピュールコミックスピュア》にて
高山千先生による
お楽しみに♥
コミカライズ続編決定！
コミックス大好評発売中

チュールキスDXをお買い上げいただきありがとうございます。
先生方へのファンレター、ご感想は
チュールキス文庫編集部へお送りください。

〒102-0073　東京都千代田区九段北3-2-5 5F
株式会社Jパブリッシング　チュールキス文庫編集部
「あさぎ千夜春先生」係 ／「大橋キッカ先生」係

お前は俺のモノだろ? 2

～俺様社長の独占溺愛～

2024年6月30日　初版発行

著　者　あさぎ千夜春

発行人　藤居幸嗣

発行所　株式会社Jパブリッシング
〒102-0073　東京都千代田区九段北3-2-5 5F
TEL　03-3288-7907
FAX　03-3288-7880

印刷所　中央精版印刷株式会社

初出：番外編「ふたりきりのウェディング」――チュールキスDX『お前は俺のモノだろ？　～俺様社長の独占溺愛～』2020年4月

ISBN978-4-86669-685-0　Printed in JAPAN